XIANSHENG WENCONG

先生文丛

李广田散文选

李广田◎著

长江出版传媒 | 湖北教育出版社

图书在版编目（CIP）数据

李广田散文选 / 李广田著. -- 武汉 : 湖北教育出版社, 2025. 4. -- ISBN 978-7-5564-6186-8

Ⅰ. I266

中国国家版本馆CIP数据核字第20252DS131号

李广田散文选 LIGUANGTIAN SANWENXUAN

出品人	方　平		
责任编辑	黄　裳	责任校对	李庆华
封面设计	李　枫　钟梦瑶	责任督印	刘牧原

出版发行	长江出版传媒	430070　武汉市雄楚大道 268 号
	湖北教育出版社	430070　武汉市雄楚大道 268 号
经　　销	新　华　书　店	
网　　址	http://www.hbedup.com	
印　　刷	湖北新华印务有限公司	
地　　址	武汉市硚口区长风路 31 号	
开　　本	880mm×1230mm　1/32	
印　　张	6.75	
字　　数	160 千字	
版　　次	2025 年 4 月第 1 版	
印　　次	2025 年 4 月第 1 次印刷	
书　　号	ISBN 978-7-5564-6186-8	
定　　价	28.00 元	

目录

《画廊集》题记

虽然到现在也还不知道自己应当干什么才好，然而自己却早已确实地知道，无论如何，我是一个不应当弄文章的人了。这两年来偶尔写下了几篇小文章，实在都是弄着好玩的意外收获。常见小朋友们在墙上用粉笔记下一些不完全的人物名字，或是画出了什么不像样子的物什，我想，我的文章也只是这一类的东西罢了，不同处，只是这些小朋友的作品没有人替他们收集起来。

经过了颇长的时间，而留下来的却只是这么寥寥，而且又是这么芜杂的一点结果，是这本《画廊集》。

最初，我曾经把这本集子题作"悲哀的玩具"，因为集子里有题作《悲哀的玩具》的一篇东西，而且我又很爱惜这个名字的来历。日本的歌人石川啄木，在他论歌的一篇文章里结束道：

"我转过眼睛，看见像死人似的被抛在席上的一个木偶。歌，也是我的'悲哀的玩具'罢了。"

啄木是一个抱有社会思想的歌人，不幸为穷病所苦，只短短地过了二十七年忧郁的日子，便了结了他的一生。死后，他的友人替他编印歌集，就用了《悲哀的玩具》作为集名。

我喜欢这个名字，又喜欢啄木这人和他的作品，便有了借用这个书名的意思。

但过了些时，我又觉得我这个集子应当用“无名树”这个名字了。集子里有一篇《无名树》固是原因之一，此外可还有什么原因呢，我自己也不大明白。勉强来说，我大概很喜欢我窗前那棵不知名的树吧，我在这个窗下坐过了五六年之久，这棵树似乎在我的梦与醒之间做着一个永久的标帜，不论它是在初春萌发，或是当黄叶飘落，而它那永久挂在枝端的干翅果，每每因风而发出如雨的簌簌声，这个乃常是我的忧愁与快慰的引子。我爱这棵树（我也爱其他树），树以“无名”命之，而又将以此树名命吾集，实在也就等于说这本集子本无什么名号，又何必另寻什么名号呢，于是便一度决定用“无名树”。

终于不曾用“无名树”，也不用“悲哀的玩具”，而另用了《画廊集》者，是自从把《画廊》一篇小文章加入之后才决定了的。“《画廊集》，一个好听的名字”，首先是我的一位先生这么说过。一直到了现在，我才更觉得这确是最适合于我这集子的一个记号了：像我所写的那个荒僻村落的画廊，像我所说的那座画廊里边的一些平常而又杂乱的年画，一样的，是我这些小文章。而且“画廊”又是我最近创作的一篇东西，今后是不是还写下去呢，如果写下去，是不是会有什么新的变化呢，虽然这时候我也不大知道，然而且以这座“画廊”作为一个路程碑总是可以的吧，于是最后的决定，就是这“画廊集”一个名号了。

我是一个乡下人，我爱乡间，并爱住在乡间的人们。就是现在，虽然在这座大城里住过几年了，我几乎还是像一个乡下人一样生活着，思想着，假如我所写的东西里尚未能脱除那点乡下气，那也许就是当然的事体吧。我喜欢 G. White，喜欢 W. H. Hudson，写了《道旁的智慧》的玛耳廷，我想这原因大概也还是在此。我并不是说我除此以外便什么也不喜欢，实际上是我这点乡下人的气氛时常吸引着我。我知道我这个世界实在太狭，太小，而又太缺少华丽，然而这个无妨，我喜欢我这个朴野的小天地，假如可能，我愿意把我在这个世界里所见到所感受到的都写成文字，我愿意把我这个极村俗的画廊里的一切都有机会展示出来。虽然，我并不敢希望我的文章像那座破画廊里的年画似的，有乡下人争着买来补墙。因为我这些东西仍然像小朋友们在墙上乱涂的壁画一样，自己画着喜欢，自己看着高兴也就算完事了。

另外有几篇新的东西想加入，有几篇旧的想删除，恐怕都已来不及了。尤其是其中的《投荒者》《黄昏》《秋》诸篇，在性质及格调上，实在都与这集子不大调和。又在《悲哀的玩具》和《父与羊》两篇里，都是写着父亲的故事，然而出现在这两篇中的却是两个极不相同的人物。在《悲哀的玩具》一篇里那个勤俭劳苦的农人，实际上是我的舅父，因为舅父“中年无子”，便把我借用了过来，这办法在我们乡间的风俗是许可的。我的幼年生活，完全是在这位勤俭劳苦，而又有点迂直的舅父的影响之下过来的，但同时我又极爱慕我那位喜欢吃酒，喜欢说牢骚话，又喜欢读陶诗的父亲，虽然我同他见面的机会并不很多。我是在这么两种教养之下生长起来的，我常觉得自己的性格中依然存着这两种性格。——偶一不慎，话又说远了，仿佛在说起了自己的身世似的，应当立刻打住。我还是赶紧回过头来谢谢我的几位先生和几个朋友吧，他们有的帮助我改订过文章，有的使我这些小文章得有一个收集的机会，知堂先生为本集作序，尤当特别志谢。

一九三五年三月二日

秋雨

秋天。

雨，凄淋淋地下着。天气更变得冷了，给人一种压迫，使人有着蜷缩不安的感觉。

他，一个中年男子，坐在一间小屋子里做梦，已是下午三点钟的样子了，雨下得正匀。他望着窗外一棵不知名的落叶树，是的，是落叶树，他现在就看见许多青黄斑驳的叶子正在摇落，他莫知所以地发起呆来了。窗外的天空，雨丝，对窗可以看见的瓦屋顶，共渲染成一片灰色。这灰色使他不安，他不知如何处置他自己的情感。

多年做惯的一个动作，又在起始着了：

一个神秘的抽屉，神秘的，这在他自己也这样想，被打开了。抽屉上挂一把大锁，他还记得这把锁的来历，他记得当初是因为什么才买了这样一把锁，到了现在，这样一件笨重东西也许已没有什么必要了吧，然而它依旧在那里挂着，仿佛这个乃关住了一抽屉神秘。每当阴雨天，尤其秋日，这抽屉便常有被打开的机会。然而每当打开来时，这抽屉的主人便难免现出生怯样子，生怯的手，停在抽屉口上，生怯的眼睛则每每停在另一个方向，譬如外面的天空、灰屋顶或屋里的一个角落。“我要干些什么呢？”他会这么想，这么想时，他的手会立时松了下来，眼睛也是一样。他以一种非常疲倦的神气，向靠背椅上一仰，似乎连一声长息也被禁住了的样子，一任沉默。这样，沉默下去，他会沉默很久，直到他发觉这样子做梦也是无益时，才会改换了另一种举动。

他对于那个抽屉里的内容很熟悉。他会把它们像数自己手指一样数得清，他又会闭起眼睛认出它们每一种颜色，是的，这是些有着各样颜色的东西，就像那些物主一样，有着各样的脸色，快乐的红润或忧郁的苍白，而最使他不易忘掉的，还是那个最喜欢用天蓝色的，什么都爱天蓝的，有着天蓝色眼睛的那一个吧，想起这个时，也许会有微微的笑意浮在他脸上，不，不是脸上，只不过在他枯瘦的唇上罢了，然而他立刻会感到不对，于是一丝微笑又像极轻的一点晨烟似的，轻轻逝去了。他乃如一个衰老的将军，不敢去，也不忍去，触摸他当年的甲胄与长剑，他要避开那些，因为他不愿再去惊动自己，虽然他对那些还怀着好想念，而他也懒于惊动那些,因为他实在已没有那么多勇气了。他停着，停了很久，他听到外面的雨还在淅沥，雨丝，天空，对面的屋瓦，为更浓的灰色所蒙蔽。他依然没有方法来处理他自己，他拿他自己当作另外一个人，譬如一个老年的朋友，来安慰，来鼓励，然而一切都无益。他很顽固，像一个不懂事的孩子，他不听任何劝导与爱抚。他不愿意，也不能，解开自己的重围，就如他没有方法来对付这个雨淋淋的秋日。他知道他必须改换一种举动，他必须干一件什么事情，他从抽屉里抽出了一沓白纸。这些纸都很白，很坚，很宽大，又很细致，他还记得这些东西是多少年前的一个什么天气里得到的。他也知道这些纸的命运，这是应当满载了动听的言语，也许有一些美丽的故事或一些破碎的诗句，而如今却是空白，余下来的都是空白，毫无所有，也正如保存了这些白纸的他自己。

他把白纸铺在案上，在灰暗中，在寂静里，一方白纸像一团雾。他乃在一团雾前逡巡，又逡巡，想找出一条迷失了的道路。他拿起一支笔，是的，一支笔，这也是一种习惯的动作，他知道他是要把什么写出来。在过去，在雨天，尤其秋日，他常是爱写，一个人伏在案上写下去，写了很久，很久，写过许多好听的名字，写过自己也想不到的那么多那么美的言语，那时候他真正饶舌，饶舌得出奇，老有话说不清楚。现在呢，现在他又微感到一种激动，像春风，吹解冻的湖水。他还会忆起那种快慰，那确是一种快慰，可是现在这种快慰再回味起来时，就未免太薄弱，太匆促，他不能把握住一点，他不能再温习那些旧课了。他拿笔在白纸的一角上摇晃，摇晃，也只是摇晃着了。

他的笔已不再摇晃了，他静止着，他忽然又动了一下：

“秋雨……冷落的街道……玛利好孩子……打一把绿色的油

纸遮儿……”

同时，他的笔也放下了，他不能再想下去，他知道他现在不应当再写这些了。他看见一个好看的面孔，但那面孔并不理他，不等他重认一下，逃走了。他有些惘然，然而他又觉得很糊涂。他好像有点生气，有点羞，他觉得又受了侮辱，受了屈。

屋子里很静，外面是凄淋淋的雨。

现在他反而安静下来了，他觉得他没有什么可干的事，他乃如一个旅人，他已经走得很累，他只好放下行李来休息着了。“冷落的街道……”是的，他可要到冷落的街道去吗？这句话说得太轻，轻到连他自己也不曾听清，他依然仰在他的靠背椅里。他等待，等待些什么呢，不知道。天就要晴了起来吗？他曾经这样想过，但是他也不再这样想了。比起等待天晴来，他倒是更等待着黑夜，也许他希望天阴得更沉，雨也下得更久，更久。

记问渠君

济南北园，是我的旧游之地。这次因为北京地方有不能再住下去的样子，便暂行逃来这里安顿。山光水色，都无改于昔日的潇洒风韵，然而，旧地重来，已是十年之后了。

那时候，大概是刚从乡下来到省城的缘故，总觉得一切都新鲜有趣，直到现在，当年所得的印象还都保持得非常清楚。譬如，在校内有一棵很大的垂柳，几乎给庭院搭了整个的凉棚，每当风清月白，那位学佛的先生便约了同学们在那里谈天，先生是喜欢禅宗的，便常谈起那些硕德积慧大和尚的行径。又如，同学中有一位牟君，他的马褂，长几及膝，袖子却短到不能遮拦腕肘，黑皂布帽上钉一朵鲜红的缨儿，那一切铺排不一定觉得好看，却也别具风趣，现在尚听人说，这个人已漂流到海外去了。还有，一个因为头上留下秃疤记号而早蓄了长发的孙君，一个因身上有不良气味而常以花露水洗澡的左某，等等，都还记得。而其中使我记得最清楚的，就是问渠君了。

在操场的北面，是一列带着稚气的洋槐丛林（现在，都已蔚为乔木了），东面，是一条清浅的小河，其他方面，多是荷塘与菜圃，从东海之滨直达济南的一条铁路，在学校的北面经过，相距只约半里。我喜欢这地方。每至黄昏或夜已苍茫的时候，尤爱独自在那一列洋槐丛下，享受一个寂静的时辰。大概是一个秋的晚间，记得洋槐的叶子已渐为霜露所染，微风掠过树梢木末时，便常有得秋独早的黄叶离枝落地。我一个人正在那里低头闲步，忽然，被某种声息所惊动：像风吹的落叶声，又像什么人在叹息，抬起头时，却正被我窥见，在一丛树后，有一个白的影子。如不是那影子先向我问了一声“谁？”我大概是要急觅归路的了。

“啊，问渠君吗？”

“啊，原来是你。”他走近来，回答。

“你倒使我有点儿怕呢。”

他沉默了，我也沉默。在沉默中，我们听到远远的火车压着地面奔来了，他仿佛微抖着。不知怎的，火车的声音，虽在静夜，我们听来也不觉震耳，倒觉得是一件很自然的事，对于夜，对于我们，都无妨于一整个的和谐。火车驶过后，声音渐远渐低，渐渐地静了下去，地面与空气也似乎静止了。问渠君却低低地叹了一口气，且说：“听了火车的汽笛，颇令人怀念自己的家乡呢。”

问渠君是从泰山那里来的，他的家，就坐落在车站的附近，听了火车的汽笛而动乡愁，也正是青年人当然的情形，何况又是初初离乡背井，跑到这极生疏的省城来。至于我呢，家乡不适于我回忆，当他说到汽笛时，我似乎正想起黄河那一汪浑浊水面的白帆！

因了这个人的神气，我已看出了八分，很自然地，我们把话题引到了关于家乡的事情上去。他说，在这里，青菜和肥料的气息——这在秋的晚间更有着特别的气味了——使他忆起他的家乡的气息来了。他的故乡是产麻地，这时候，到处都是麻的气息，野外的，家里的，埋在泥潭里的，剥在场上的，而且那气息也并不讨厌，此刻想来，倒是很可怀念的哩。只是乡里的人们太可恶了，他们欺侮人。“他们每年偷我的麻，”他愤慨地说，“也偷我别的庄稼；他们尽欺侮我，因为我家里没有人。”

言下又是一阵沉默。冷然地一阵风来，掠过树林，吹得树叶子唰唰作响，菜园子里有一只寂寞的蟋蟀振翅；在小河的下游，则似乎还有浣衣人蹲在流水旁石条上用木杵捣衣，那杵声听来忽远忽近。我心想：“一切皆有了秋意，砧杵声也仿佛冷了些。”

从以后的谈话里，我才知道问渠君家中是只有着母亲和妻子，一个小女孩则已于年前夭折了。一家三口，守着父亲遗留下来的一点薄产，就像晚秋的几只叶子守着枯枝抱着恓惶不安的心情，只担心西风吹来。他在家乡时一切已如此，何况远离了家乡？母亲到了能够为儿子把媳妇娶来的时候，自己自然也是将近老年了。“我的老婆，”他又讷讷地说，“我的老婆是一个悍妇，她欺侮我，也欺侮我的母亲。”我听他的声音好像是呜咽着了，只好默默地听着，并不插入一句话。他又继续着说了下去，他说，他本来还有一个姐姐的，但因为他的老婆的泼悍，姐姐自从出嫁之后，就很少归宁过。又说，他的老婆也一有机会就败坏他的名誉，嫌恶他丑陋，尽同他斗气。

诚然，问渠君并不是漂亮人，甚至，也可以说是有点丑陋。衣服的污秽，不整齐，也是有目共睹的。但人们都乐意同他接近，都喜欢同他说笑，只是在说笑中间带一点戏弄罢了。譬如，学校中是作兴闹各样称呼增加同学间友仇，表示同学间爱憎的，“黑奴”的绰号便常加在他头上，而他也就恬然地接受了。在某次全校同学的茶话会上，问渠君在恶作剧情形中竟当选了本校代表，因此大家议决，请代表为他们说黑奴的故事。在一阵鼓掌声中，他登台了。“我是刚从南洋来的。”他这么说，大家都满意地笑了，但问渠君脸上却已汗流如雨，不断地用满把手去揩着。“我要讲一讲南洋黑奴的故事。”大家又哄堂大笑，问渠君从讲台上慌忙地跳下来时，他已是用自己的汗水洗过一次脸了。嗣后，也有人呼他作“林黛玉”的，原因就是据说问渠君总爱一个人躲在屋里哭，究竟为了什么而哭，大家是很少知道的。不过，这些都无妨于问渠君之被人“尊重”，因为问渠君实有一副良好的心肠，而且也不缺少相当的聪慧。譬如在功课上，他是比任何人都能脚踏实地努力做去的。当数学教员叫他到黑板上去做几何题时，虽然他因为永不能画出一个较圆的圈或一条较直的线而被笑（他的手有点像鸡爪），而在课堂下边，却有大多数的同学必须去借他的算草来照抄。“林姑娘做得不错”或“Negro[1] 的意见常是对的”，这类的话是常在同学中听到的。诚然，问渠君的意见是对的，怕没有人能比我更尊重问渠君的意见的了。他不常发表他的意见，因为他有点口讷。他说话很慢，说话的样子有点笨，又常是露出满嘴的黄牙来，而他的眼睛好像是白的部分太多，太多了，每给人以不快之感。他常说出人家所不能说的话来，他的意见时常不和人家的雷同，因此，他的意见不被人家嘲笑也就被人家忽略。他曾对我说起过他关于艺术的意见，关于科学的意见，甚至关于革命的意见。他赢得了我的敬重，直到如今。然而，直到如今，我也更觉得他是一个可哀的人了。

我们的一班，是后期师范的第一班（简称后一），到了第二年，一个特别的名字加到我们的班上来了，叫作“红色的后一”，一时之间颇呈一个紧张的局面。当然喽，问渠君的意见常是对的，未常先人，而常随人。他也是红色中之一员，虽然当他签名的时候，据说他的手颤抖得非常厉害。

日子一过去，时间在长育我们，同时也在训练我们，我们散了，沉默了，到如今，所留下的也就只是“红色的后一”那么一个名字了。

民国十七年，国民党的军队向北推移到了山东后，因为五三事件的发生而把一个所谓“革命政府”搬到了泰安。那里的泰山

① Negro：英文，是“黑人”的意思。

是并不因此失去它的庄严的，而济南佛山明湖，却变了颜色。我则因为某种不幸跑到故乡去。后来，听说临时省府所在地的新贵之中还有些旧相识，便跑到那儿去看看熟人，趁此也看看那方面的一切光景。知道是来到问渠君的故乡了，便有了访旧谈心的意思。当我向人们问起同学问渠君的消息时，得到些使我非常惊愕的消息。

“问渠君，你还不曾知道吗？”

“是的，不知道。”

“他是你的老朋友，是不是？”

“是的。”

“这个人，他早已离开我们这个世界，到另外一个世界去了！”

明白了人已当真死了，问是什么原因呢，他们却又向我提起了“红色的后一”。这个题目同他的死大有关系。并说，他早已是个有病的人，自从国民党的军队来到之后，眼看到多少年轻人在那里卖朋友自首，他担心他也会被什么人指认，加以检举，病势就更重了些。后来，这人便消灭了，被人用一个木盒子装好埋葬了。没有人能知道他死时的情形，只知道他确已不在罢了。

我不能再作详细探听，默默地向人们辞别了。熟人说：“没有人能知道他死时的情形。”这人活着的情形不是也很少为人知道吗？然而我却总爱想象，总想出他的死是一个悲惨的死。他受着邻人的欺侮，受着妻子的嫌恶，病了，病在一张极污秽的床上，而且死在一个恐怖中，剩下一个被人欺侮的母亲，也已是残年了。

当夜，我住在泰山山腰一座古庙里，大概是大雨之后吧，山里的泉水，万马奔腾地向下驰去，发出吓人的声响，又加以松风呼啸，自己就像在海涛中夜行，草间萤火明灭，时有虫声如诉，这时候，我又想起问渠君那一副可悲悯的样子来了。我好像看见他，穿了他平素所穿的一身肮脏衣服，卧在床上，带着恐怖的神色，四肢硬僵僵的，尽人抬入白木棺材里去。又想，问渠君的墓上大概已是荒草披覆了。不见问渠，如能到他的墓上看看，也许可以安心。但为了另一件事，我却不能不于次日便离开了这临时的省城。此后，听说“红色的后一”同班中又有几人因坚持自己的理想而死去，他们也常常被我忆起，但总不如忆起问渠君时那么亲切，那么怀念和怜惜。

今次重来北园，颇过了些悠闲日子。在铁路上跑跑，看看远山近水，或到母校里走走，认出一些往日的痕迹，尤其当我走在那一列洋槐的荫下时，总想起我的亡友问渠君来。住在一处的有位严君，同在北园读书时，他是小学部的小同学，现在已是大学三年级的学员了，我把问渠君的事情告诉他，他说，他也曾注意过这人，并说，问渠君那相貌就特别引人注意。

枣

“俺吃枣。”傻子这样说。

他这样说过多少次了，对爸爸说，对妈妈说，但爸妈都不理他。他依旧是悄然地微笑着，肩着粪篮出门去了。

名叫傻子，他自己知道。但现在有多大岁数了呢？却连傻子自己也不知道。傻子的爸妈说：“今年傻子十五岁了。”于是人家也说：“今年傻子十五岁了。”但这数目，也会被人家怀疑，人们时常地谈到这个。傻子的爸妈都是将近暮年的人，他们几乎没有一刻不把自己身后的事放在心上。没有儿子时，盼儿子；儿子有了，却是这么一个！他们知道这原是他们的造化，十几年来，他们就被“造化”两个字安慰着。现在，他们唯一的希望就是给傻子提门亲事，而且愈早愈好，他们希望能在他们的晚年见到孙孙，他们把一切的希望都放在遥远的孙孙身上了。几亩薄田，几间土屋以及锄耙绳索之属，都应有所寄托。这有谁能知道呢，也许傻还有点天分，命运既能给人以不幸，命运也会给人以幸福。为早给傻子找得女人，于是说，“傻子今年十五岁了”。却依然没有谁家的女儿肯跟傻子，傻子的爸妈很悲哀。

傻子的日常生活是拾粪，清早起来，便肩了粪篮出门。他沿着村子的大路走去，凡村子附近的道路他都熟悉。当看见道上有牲畜的遗粪时，他知道用粪锸把粪拾到篮里，然后又走道。不管早晚，只要肚里觉得饿了，就回到家里“要吃的”；夜了，便回到家里安息。不知怎的，这一天他却忽然想到要吃枣了。枣是甜的，他知道。他吃过枣。但他愿意吃更多的枣，他愿意得到更多的枣。他更愿意看见垂挂在树上的枣。“俺吃枣”，屡次地对爸妈这样说了而不被理会，这恐怕也是当然的事情吧。傻子的爸妈听了这样莫名其妙的话，只会感到厌烦，甚至这类的话听惯了，便会听而不闻。

傻子出门带一副笑脸。他常爱把一个笑脸送给路人，送给驴子，并送给驴粪。现在，他一出门却又把一个笑脸送给了暮秋的长天，并送给了苍黄凋敝的木叶。在路上，他遇见了绿衣的邮差，他微笑着说，“俺吃枣”；遇着肩了大柳条筐的打柴人，他又微笑着说，“俺吃枣”。邮差和打柴人都不睬他，过去了。他又遇到些相熟的邻人，他同样地向他们说了，他们却只回赠他一个微笑。本地的孩子们是总爱同他嬉闹的，只要相遇，便不免有一番恶作剧。孩子们对他说：“什么？你要吃（早）吗？天不早了，你吃晚吧。”于是傻子微笑。孩子中的一个又说：“傻子，叫我爸爸。”于是傻子叫爸爸；另一个说：“叫姑爷。”于是傻子叫姑爷。傻子悄然地独自走开了，他们又把沙土扬到他身上，把土块掷在他头上。傻子急急忙忙地逃开了，还是微笑着。

傻子近来变得有点特别，他拾不到多少粪，却走了很不少的路。他肩了空粪篮，在各个村子里逡巡着，在各条大道小道上徘徊着。他像在寻求什么似的，常是睁大了眼睛，默然地闯入了人家的园林，或是笔立着，呆望着碧澄的天空。他简直像一个梦游者似的在各处飘荡着。有一次，他竟荡到黄河的岸上去了。他喜欢，他知道横在他前面的是黄河。他把一个笑脸送给了黄河。晚秋的黄河是并不十分险恶的，但水面的辽阔，也还同盛夏时一样，几乎一眼望不清隔岸。浊浪澎湃，像有成群结队的怪兽在水面上舞蹈，且怒吼着。河边上很冷清，没有过河人，也没有行路人。他喜欢极了。他把粪篮丢在一边，倚了粪锸作杖，呆呆地站着向隔岸眺望。“几时这些黄汤能停了下来呢？”他也许在这样想吧，傻子在望洋兴叹了。

就在不久以前，傻子在路上曾遇到三个卖枣的小商贩。他们的枣快要卖妥了，在路上停下来休息，准备着当天要渡河回家。这时候，傻子肩了粪篮走来了。他看见三个陌生人正在那儿吃枣子，他也停住了脚步，并把一个微笑送给了三个陌生人。三个人中的一个说：“请坐，请坐。”傻子只是微笑地站着。三个人中的另一个又说：“请吃枣，请吃枣。”说着，把一把枣子递给了他，傻子就伸了两手把枣子接过。不多会，他默默地把枣子吃光了，于是又微笑着向三个陌生人说：“俺还吃枣。”因为他们已经看出站在他们面前的是什么人了的缘故，其中的一个便嬉谑地说：“好啊，你想吃更多的枣子吗？那么就跟了我们来吧。我们河北的枣子真好，口头甜得很啦。我们河北遍地是枣树，满树上垂挂着红枣子，满地上落下了红枣子，真的，让你尽吃也吃不净啦。”话还不曾说完，他们都不约而同地站了起来，重整了手车和担子，顺着大路走去了，其中的一个人却又回头来招呼着说：“来吧，同我们到河北去吃枣子吧。”

现在，傻子是居然站在黄河的岸上了。他很快乐。他把更多的微笑送给黄河。他在试量着渡过这黄河。试量着，只是试量着罢了，他并不曾向前更进一步。黄河里的怪兽尽恐吓他，并怒吼着：“不——许——过，不——许——过。”他又悄然地走开了。

暮秋时节，就像落日沉入黑暗一样，很匆促地，就转到冬季的阴暗里去了。这期间，傻子还是照常地出门，照常肩了粪篮在野道上彷徨。自然，傻子的爸妈是疼爱傻子的，不但早给他穿上了一身蓝土布的棉袄棉裤，而且有时还这样说了：“天气太冷啦，傻子也不要再出门去了吧。”冬天，是乡里人们闲散的日子，趁此央托亲戚或邻居们给傻子提门亲事，或是招个童养媳之类的念头，傻子的爸妈都曾经有过，因此，也更不愿再让傻子冒了冷风在外面跑了。但傻子自己是顾不到这些的，他照例还是出门去，无论什么天气，照例还是肩了粪篮在野道上走着。

又是一个冷风的日子，傻子出门去了，但出人意外地，傻子整天不曾归来。已经入夜了，依然不见归来。傻子的爸妈有点忧虑了。傻子的妈妈坐在菜油灯下等得很不耐烦，风敲着门板，风摇着窗格，总以为是傻子回来了，她对傻子的爸爸说："傻子在暗夜里不知被北风刮成什么样子了。"傻子的爸爸却沉着脸，一言不发地兀自走到了街上。街上很荒凉，只有冷风扫着灰土和枯叶。他毫不犹豫地又走向了旷野，于是在对面不见人的黑暗中，随了北风的怒吼，一个老人像饿狼哀号似的呼喊起来了。

次日清晨，天气更冷些，傻子的爸爸还在找傻子。他向各村里去访问，他向各路上去寻觅，他竟找到了黄河的岸上去了。河面上已结了厚厚一层冰，只在河道的中流，隐隐约约似还看得出明水在流着。傻子的爸爸沿着河边走去，最后，他终于找到了：一个空粪篮和一把粪铺，它们都斜卧在河岸上，静静地，似在等待过路人走来捡拾。

寂寞

在一封朋友的来信里，有下面几段话：

“我现在是在沉默中过活。

“我简直沉默得像口钟。当然地，如果你要故意叩它，这口钟也依然是响亮的。但现在，它却是被封锁在一座古庙里了。

“我是在装作默哑。我几乎同一切人们断绝了往来。人也许问：一个人为什么要这样地孤独了起来呢？我说，我是在工作。然则工作之余呢？那也就只好说是在休息了。

“我近来确实是很寂寞。但也只有近来，我才开始了解了这寂寞，而且也知道更加爱惜这寂寞了。在寂寞中，我不但做了更多的，且更满意的事，而确实地，我也更觉得康庄，更觉得孤高起来了。说是孤高，是的，我用了孤高二字，你也许觉得奇怪吧，那是因为我一时想不到更合适的名词的缘故。这在某种场合，我也知道，是含有高傲的意味的，而当我借用了这名词时，也许就仍旧有一点高傲，而实际上，却又确实是有一点儿凄寒之感了。

“我也知道，一个人不应当把自己弄得孤独。但人到了非孤独不可时，不是就也没有必须去凑热闹的义务了么？我简直是怕着那热闹，并怕着那些无谓的往来。连一些闲谈絮语之类也都觉得是对于自己的一种损伤，我已经是养成了这么一种心境的人物了。

“就以今天而论，天气是并不十分晴朗的，阳光也并不强烈，然而我的窗幔却依然是沉垂着。原因是，我要静默，要工作，而工作却又是在静默中方能做得的。我愿意让那两幕古色苍茫的破窗幔作我的屏障，静坐一室，我乃有我自己的天地，虽然有些时候，我也要打开窗幔，看一看外面的行云和青天。

“总之，我爱寂寞。我觉得，我真是正在寂寞之中修行着一种什么胜业哩。除却那些为了生活而必须执行的，实际上，却又像是为了人家才执行的工作，之外，那么就让我这样地寂寞下去好了。”

当我读到了这样的来信时，真的，除却对于这位朋友更存了敬爱，并有一些哀矜之意以外，于不知不觉之间，我也竟是沉默了很久很久。

我很能了解这位朋友。我知道，他一向就是一个顶勤恳的人。而他的为人，我知道，且又是有着近于宗教的信心的。

他常说他相信他的勤恳是可以换得来某种结果的，虽然这结果也许只是生活上的一点点欢快或安慰。自来便与人落落寡合，并厌于浮世的一切争逐的这位朋友，如今乃更离群索居，一个人孤独了起来，于寂寞中埋头去工作，而又不能不深深地感到这种寂寞滋味的颇可爱惜，我想这也就是很自然的一回事情了。

到现在也还有少许的人是这样地在寂寞中工作着吧，想到这个，也是一件颇可慰怀的事。这样的人，好像都不曾顾及过其他似的，好像都只是单纯地为了自己的一点理想、一点快乐，因而便冷视了一切世俗的毁誉，而安心地在工作中埋首。要我对于这样的人而不感着爱敬，是办不到的了。

而且，有些人，他们也并不是不曾把一部分的精力，耗在了实际生活上,他们也并不曾能够免于感受到这两重生活的不调和。但也正因为如此，他们也就更加看重了他们自己所认为的胜业。而又正因为如此，于是也就更多有了些寂寞之感。在寂寞中，这些笃实的工作者，概是难免于有些高傲的。而这种高傲，也就正是他们的好处。要想不让这些寂寞的工作者们觉得高傲，那也怕是一件不可能的事情吧。事实上，这里所说的这种高傲的自身，不也就是一件令人觉得可哀的东西么？上面，那个朋友的来信中所说的“凄寒之感”，我想，大概也就是指着这个了。

说到“寂寞”，大概在一般人的生活中，也是很不缺少的。譬如当一个人无所事事时，常常说“寂寞寂寞！”又如当一个人离开了热闹场所时，也常常说“寂寞！”然而，当我读过了那位朋友的来信时，我所想到的，却是下面的两首诗：

前不见古人，

后不见来者，

念天地之悠悠，

独怆然而涕下。

——陈子昂：登幽州台歌

I strove with none，for none was worth my strife；

Nature I loved，next to nature，Art；

I warmed both my hands before the fire of Life；

It sinks，and I am ready to depart。

——W. S. Landor

（我不与人争，因无足与争者；我爱自然，其次，爱艺术；我于生命之火上暖我的双手；等火焰熄时，我也将永逝。

——W. S. 兰德）

有谁曾感到过这样的寂寞的么？有谁曾意会过这样的寂寞的么？或许有。但终日地嚷着“寂寞呀！寂寞呀！”的人们，不会。终生地，要以热闹，以名誉，以利禄等等来消磨其所谓“寂寞”的人们，更不会。然则，人们所扰扰攘攘的，究是些什么呢？恐怕，这也就是令人感到寂寞的原因的一个了吧。

无名树

礼拜堂的钟声响了。悠然地从床上起来，窗外的阳光，耀着我蒙眬的眼睛，觉得有些眩晕的意味。这初冬的一晌，又被我在睡梦中度过了。偶然听到的，是街巷中的叫卖声，这些声音是素常听熟了的，此刻都听得有些异样。我是从另一世界里归来呢，还是又走入了另一个世界呢？我觉得胸中空虚，如有所失。是的，我是丧失了什么，似是远离了一个可怀念的人，又似错过了一件幸遇的事。我沉思着，浮在我的眼前的是一片苍白的雾。

从我的窗口，可以望得见一块蓝色的天空，画在这天空里的是一株不知名的树。我住在这里已经有三年之久了，三年来，这株树便做着我对面的朋友。这树，自然也同其他的树一样，早春萌发，由嫩绿而浓荫，又经霜而凋零。它每岁结有成穗的翅果，而这翅果又非等到明春再萌了新芽之后是不会落尽的，等到新的翅果已经长成了，而旧果尚残存在叶间的情形也好像有过。一位学农学的朋友曾说这也是白杨之一种，却也指不出它的名色。没有名色，或不知其名色，这又有什么关系呢，反正是这样一株树罢了：它是我的相识，我常是面着它沉思，在一年中，我看着它的荣枯。

现在是初冬。这无名的树，很枯瘦地画在空中，好像显得更高了些，叶子已完全飞散了，像碎纸屑似的许多干翅果还挂在枝上。风来时，这些翅果便发出簌簌的声响，如在深夜，就好像落着淅淅的冷雨。当这季候，对着这树而沉默时，就难免有些寂寞萧条之感。而且，当一阵疾风吹来，好像要把那些仅连着极纤细的柄的翅果从枝上掠走，翅果们便奋力地侧着身子，发出来极刺耳的苦啸，看来，它们也总有些相依相恋，不肯离开旧枝的意思。这样想着时，也每生出那些对于人生的艰苦之感来。

听了礼拜堂的钟声才从床上醒来的此刻，我又对着这不知名的枯树而沉默着了。“就是这样子度日也是不可思议吧”，有着这样的感兴。但就在这样的沉默中，有一个突然的意念袭来了，我原是在寻思着另一件事物，这事物，便是刚才被我丧失了的那一桩了：我想起我刚才所做的梦来，这在瞬息间被丧失了的梦，是被窗前那不知名的枯树又给唤转了来的。

那是在故乡。我离开故乡已经很久了，说起“故乡”两字，总连带地想起许多很可怀念的事物来。我的最美的梦，也就是我幼年的故乡之梦了。很奇异地觉得自己是走在故乡的里巷里，而里巷的两旁却是两行蓊郁的绿树，很齐楚地掩覆着里巷中的房檐，那些古老的房檐，在这绿荫之下也显得特别雅致。是垂柳呢，还是白榆呢，梦里不曾认清。但那确是一种可爱的景色，空气是新鲜的，那绿色给我的眼睛以欢快，也给我的心情以鼓舞，我走在那覆荫之下，觉得自己是回到了童年似的，感到一种莫名其妙的欢欣，走在那梦境里的我，仿佛就真是一个快乐的孩子。

尽可能地，又回忆了出来的仅是这些，这些又是很模糊的，因之也就更觉得可以寻味。在不可捉摸中追寻着已逝的梦影，这正是我此刻的心情吧。然而这样春天的，或是幼年的梦，也只是一个梦罢了。“人生活着是一桩事实，而这人生也就是一件极可惋惜的事实”——当我望着窗外那株无名的树，树上的翅果又在风中簌簌地响时，这样想。

在别墅

因为养病，住在乡下的别墅里，同来作伴的，只有母亲。

叫做别墅，也只是说着好听罢了，其实也不过是旷野的几间农舍，四围又绕上了一带短垣。这农舍，距我们的市镇尚有十里，举目四望是绿树，是田禾，农舍附近，就是自家的农田之一部。在农田之一角，有自家的一片榆林。

“娘，我将做些什么来自己消遣呢？”时常向母亲提出了这样的问题，像三岁的小孩似的，觉得什么事也不能做，除非得到了母亲的允许或帮助。这时，母亲便照例地回答我，说：“医生再三嘱咐，不准你做什么事，你只好晒晒日头，睡睡觉，就已经够了。”

实在地，同母亲住在一块，我还能有什么可做呢。书，是不让读的，信，也不许写。一切文具，都不在手下，就是偶尔想写下点什么记号之类也不可得。原先住在镇上，那里有许多可以谈天的人，无论是那些吸着长烟管的农夫或踢毽子打球的孩子们，都会给我以欣慰。然而，怕我受不起那些烦扰，才终于搬到了野外来，虽然自己最怕寂寞，为了养病，也不能不安于寂寞了。而母亲呢，终日只打算着我饮食起居的事，便已操劳不少，老年人只为了儿子的病而担忧的心情，我已深深地体谅到了，我不愿意在任何事情上违背母亲的意思。

有一天，当吃着晚饭的时候，母亲忽然想起来似的，说，“明天是镇上的市集了，我想去买些菜来，如能买到一只鸡便好，因为昨天镇上的王家伯母来，说你是应当吃鸡的，可作药物，又可以当饭吃的呢。”说着，显出很得意的样子，征求我的同意。次日清晨，用过早点之后，母亲便独自到市集去了。回来时已晌午，母亲很得意地说，“不但买了鸡来，还学了吃鸡的方法来呢。”便从麻袋里放出一只肥大的公鸡来，黑羽毛，金颈项。顶上的冠子大而且红，昂了首，抖擞着精神，是一只很可爱的公鸡。可惜在腿上还系着只破鞋，像戴着脚镣一般，使它不能十分自由，不然我想它怕要逃去了。

“是今天就杀呢，还是等到明天？”母亲问。

“不，”我摇头回答，“且养它几天再说吧。”

母亲又接着说，“养它几天也可以，或者还可以养得更肥些呢。”我听了这话，觉得颇不舒服，但也不好说出什么，心想，“这只鸡，终于是要为我而死的了。”

次日清晨，不等母亲呼唤，我便起床了，出乎意料地喜欢，因为我听到了被买来的那只公鸡的早啼。对这只即使将要被杀，也还尽着这司晨的义务的禽，觉得很可感激，但同时又觉得很可哀怜。“让它活下去吧。”就有这样的心思。当散步归来时，看见母亲撒些谷粒给那鸡吃，那鸡也就泰然地啄食，对于那饲养它的人，表示出亲昵的样子。

“听了鸡叫，所以才早起的呢。”

“真的吗？那么就留它叫五更好了。”母亲这样回答，仿佛很体谅我的用心。

午饭后，我把这鸡带到榆林间去，因为那里有东西可以啄食，如草叶、草实、野葡萄子之类，在荒草里也可以找得青色的小虫，这更是很好的鸡的食饵了。当这鸡在那草地上任意啄食时，我也在帮它寻取，每当捉得一只青虫或蚂蚱之类时，便咕咕咕咕地把鸡唤来，并给它吃。它绕在我身旁不去，并时常抬起它那戴着红冠的头来向我注视，也在喉间发出很轻微的咕咕鸣声。

这样的日子，过了三五天，母亲不曾提起过杀鸡的事，只有时候说，“这鸡更肥了。”并不再说别的。我呢，也乐得这样下去，病虽依然如初，说是吃掉一只鸡便可痊愈的事，谁能相信呢。我每天带着这只被留下来的公鸡到榆林间去，在那里游戏，在那里休息，不但忘却了寂寞，且也过了些有趣的日子。仿佛一只鸡也能懂得人的心思似的，对自己表示出那样的友情：几乎是不能相离的，它永是跟在我脚后，坐下来，它伏在我的身旁，有时，竟要飞到我的身上来了，捉到青虫时，便可在我的手心里被它啄食，很是可喜。有时，它失迷在那些榆林的荒草里去了，只要听到咕咕的呼唤，便摇摆着肥重的身体向我奔来。夜里就宿在屋前的埘中，清晨便把我从梦中唤醒。

是某日的晚间，天空阴得颇浓，好像就要下雨了。用过晚饭之后，母亲说，“天很冷，早些上床去睡吧。”还不等入睡，便听到窗外洒洒的雨声了。明晨醒来，已是早饭时候，外面的雨声还是不停。对于自己的这样懒起，觉得很不高兴，好像在后悔着什么，又好像在怨恨着那雨。仔细想时，原来母亲既未把我唤醒，又不曾听到鸡声，为什么今天会没有了鸡声呢？觉得很是可疑。当我随便地洗过手脸之后，看见母亲很慌忙地冒着雨从厨房里走来，两手上捧着一碗热气腾腾的东西放在我的面前，并说，“快点吃吧，鸡已煮好了。”

我很久地沉默着，望着那碗上的热气向上蒸腾，眼前只是一片模糊。在雨声中，听到母亲在一旁用颤抖的声音说，“怎么还不快吃呢？等会就要凉了。好容易，费了一夜的工夫才给你煮好，而且还是神煮！”说着，也坐在了一旁沉默着。我们都沉默着，而且沉默了很久。

所谓神煮者，这便是母亲所说的，学来的那煮法了。把鸡杀死洗净之后，并不切碎，也不加些油盐之类，只放在清水里煮熟，而所用柴薪，又只限于用谷草七束，在锅里煮过一夜之后方取食，据说，这样煮法就可以医病。

听了母亲的再三督促，觉得很是难忍。最后，母亲竟哭着说，“原是希望给你治病的，既这样，我还有什么希望呢。”说着，就不能自已地呜咽起来。我也只有忍着泪，服从了母亲的命令。

又过了几日，母亲说："再去买只来吃吧。"我说："吃过一次，病也不见好，也就不必再买了。"此后，便不再提起关于吃鸡的事。至于自己的病呢，确也不曾见好，医生说还须继续静养，很想早搬回镇里去住，也不可能，只是依然过着那幽静的日子，在野道上缓步，在榆林间徘徊或沉思。

父与羊

父亲是一个很和善的人。爱诗，爱花，他更爱酒。住在一个小小的花园中——所谓花园却也长了不少的青菜和野草。他娱乐他自己，在寂寞里，在幽静里，在独往独来里。

一个夏日的午后，父亲又喝醉了。他醉了时，我们都不敢近前，因为他这时是颇不和善的。他歪歪斜斜地走出了花园，一手拿着一本旧书，我认得那是陶渊明诗集，另一只手里却拖了长烟斗。嘴里不知说些什么，走向旷野去了。这时恰被我瞧见，我就躲开，跑到家里去告诉母亲。母亲很担心地低声说："去，绕道去找他,躲在一边看,看他干什么。"我幽手幽脚地也走向旷野去。出得门来便是一片青丛，我就在青丛里潜行，这使我想起藏在高粱地里偷桃或偷瓜的故事。我知道父亲是要到什么地方去的，因为他从前常到那儿,那是离村子不远的一棵大树之下。树是柳树，密密地搭着清凉棚，父亲大概是要到那儿去乘凉的。我已经看见那树了。我已走近那树下了，却不见父亲的影，这使我非常焦心。

因为在青丛里热得闷人，太阳是很毒的，又不透一丝风。我等着，等着，终于看见他来了，嘴里像说着什么，于是我后退几步。若被他看见了，那才没趣。

我觉得有这样一个父亲倒很可乐的，虽然他醉了时也有几分可怕，他先是把鞋脱下，脚是赤着的，就毫无顾忌地坐在树下。那树下的沙是白的，细得像面粉一样，而且一定是凉凉的，我想，坐在那里该很快乐，如果躺下来睡一会，该更舒服。

自然，那长烟斗是早已点着了，吞云吐雾的，他倒颇有些悠然的兴致。书在手里，乱翻了一阵，又放下。终于又拿起来念了，声音是听不清的，而喁喁地念着却是事实。等会，又把书放下；长烟斗已不冒烟了，就用它在细沙上画，画，画，画了多时，人家说我父亲也能作诗，我想，这也许就是在沙上写他的诗了。但不幸得很，写了半天的，一阵不高兴，就用两只大脚板儿把它抹净，要不然的话，我可以等他离去后来发现一些奇迹，我已经热得满头是汗了，恨不得快到井上灌一肚子凉水。正焦急呢，父亲带着不耐烦的神气起来了，什么东西也不曾丢下，而且还粘走了一身沙土。我潜随在后边，方向是回向花园去。

父亲踉踉跄跄地走进花园，我紧走几步要跑回家去，自然，是要到母亲面前去复命。刚进大门，正喊了一声“娘”，糟了，花园里出了乱子，父亲在那里吵闹呢。“好畜牲，好大胆的羔子！该死的，该宰的！”父亲这样怒喊，同时又听到扑击声，又间杂着小羊的哀叫声。我马上又跑了出去，母亲也跑出来了，家里人都跟了出来，一齐跑向花园去。邻居们也都来了，都带着仓皇的面色。我们这村子总共不过十几户人家，这时候所有的人，差不多都聚拢来了。我很担心，唯恐他们疑惑是我们家里闹事，更怕他们疑惑是父亲打了母亲，因为父亲醉了时曾经这样闹过。门口颇显拥挤了，大家都目瞪口呆，有些人在说在笑。父亲已躲到屋里去休息，他一定是十分疲乏了。花园里弄得天翻地覆，篱笆倒了，芸豆花洒了满地，荷花撕得粉碎，几条红鱼在污泥里摆尾，真个落红遍地，青翠缤纷，花呀，菜呀，都踏成一片绿锦。陶渊明诗集，长的烟斗，都睡在道旁。在墙角落里，躺着一只被打死了的小羊，旁边放着一条木棒，那是篱笆上的柱子。大家都不敢到父亲屋里去，有的说，“羊羔儿踢了花呀。”有的说，“醉了。”又有人说，“他老先生又发疯啦。”其中有一个衣服褴褛的邻人，他大概刚才跑来吧，气喘喘的，走到死羊近前，看了一下，说：“天哪！这不是俺那只可怜的小羊吗！”原来父亲出去时，不曾把园门闭起；不料那只小羊游荡进来，以至于丧了生命。我觉得恐怖而悲哀。

明晨，父亲已完全清醒了，对于昨天的事，他十分抱愧。他很想再看看那只被打死的小羊，但那可怜的邻人已于昨夜把它埋葬了。父亲吸着他的长烟斗，沉重地长叹一口气，“我要赔偿那位邻人的损失。”虽然那位邻人不肯接受我们的赔偿，但父亲终于实践了前言。然后，他又亲手整理他的花园——这工作他不喜人帮助——就好像不曾发生过什么事一样的坦然。多少平和的日子或霖雨的日子过了，父亲的花园又灿烂如初。

直到现在，父亲依然住在那花园里，而且依然过着那样的生活：快乐，闲静，有如一个隐士。但人是有点衰老了，有些事，便不能不需要别人的扶助。

种菜将军

去年秋天，不知为什么我又回到故乡去了。刚到家，便看见父亲匆匆忙忙正要出门的样子，老脸上一副愁容，颇使我无端地有点担心起来。问父亲要到哪儿去呢，只说“要去给伏波将军送丧”，并不再问及我的行止，就沉默着独自出门了。

“伏波将军真可以算是无福的人了”，父亲去后，家里人们这样说，“如死在当年，真不知要有怎样热闹的殡仪呢。”不曾得到死耗，却只由传闻而知道今天是将军的殡期，从将军咽气时起，到今天才有两日，据说，是打算于不声不响中把将军送到祖遗的墓田去。“显赫一时，也终于如此完了。”说话人带着叹息。

伏波将军的生平我知道得不甚详细。但从最初的记忆起，就知道是一个极勇敢的军人，称作“将军”，也不知怎样缘起。自己十几岁时，住在乡间，是常常见到将军的，那时候，大概也就是将军最负盛名的时代。将军的营寨，距我们的村子不远，夏秋两季，青纱帐起，正是巡防时候，常于傍晚，听到军号声从野外响来，于是有多少村中男女，都推下饭碗而出来站街一望。将军骑一匹青骢大马——其实，这时候已经是下马而步行了：这个乃赢得了乡下人的好言谈，说是做了高贵的显官儿，还要下马过庄，真是罕见罕闻的事，于是又有人更进一步说，距村子还有半里之遥，将军就脱帽下马了。

事实是这样的，无论将军是着了长绸衫、大草帽或着了满饰金章的军服与军帽，只要经过一个村落，就一定可以看见他的又圆又亮，而又满面红光的大脑袋，那面色红得可爱，人会说那就是他的福气之所在。一对眼睛，也许嫌小的，不甚威武，然而那里却满含着和气的光彩。只要有人——不论什么人，村长地保之类自不待言，就连荷筱牵牛者之流亦然——同他一招呼，就可以看见那一颗大头颅向路旁点了又点，一朵微笑早已挂在嘴边，丝毫也不带做作的意思。也许又从什么地方捉来盗贼了，也许又从哪儿牵来赌徒了，也许只是各处走走，随便走走，也就可以镇压四方了。真的，谁还不晓得“神枪穆爷”呢。“神枪”这绰号响遍江湖，一般走黑道的人听了都怕，不但怕，且也敬服。一手两把匣枪，曾只身探过匪窟，三十个不能靠前，却被他击毙十数。曾杀过多少，也放过多少了，总说是在他手下不许有一个屈死的灵魂。

乡下人也总喜欢讲这些，总爱把伏波将军家道的兴衰当故事来讲。讲伏波将军的前代，他的祖父、父亲，都曾做过显达的武官。讲伏波将军当年怎样在自己家里练习枪法，用一只煤油筒拴在高高的树顶上，每早要射击十把。讲伏波将军怎样慷慨好义，除却官兵之外，食客养到百八十之众。讲伏波将军在作战时怎样受神的护持，连风雨雷霆都做将军的助手。于是又有人讲，伏波将军就是三国关公的后身。乡下人最爱谈论的，恐怕还是将军家里的阔绰吧，好像他们都很熟悉将军家里的一切。将军家里有两辆轿车，三辆大车，一辆马车，另外还有三乘轿子。拉车的好马十二匹，骑马八匹，这些马又都有很好的名色，譬如有一匹叫作“乌骓”，有一匹叫作“黄骠”，似乎还有一匹叫作什么“下海龙”……此外呢，还有一头顶好的黑毛驴，名字好像是“草上飞”之类，是专为了传递来往信息的。有时候，这些车辆马匹会全体出动，譬如有什么盛会，看社戏，赶香火，或是到县城里去给县长拜寿。自然了，这一行都是将军的眷属，大太太、二太太、三太太，她们坐轿子，而每人又各带一个侍女，大少爷、二少爷、三少爷等，他们有的坐马车，有的坐轿车。此外呢，当然还有十几个随从、几十个卫兵。这一行列是很值得一看的，乡下人就是喜欢这个，乡下人就是顶佩服这个。乡下人不谈别的，只会说将军有“命”，这一切都是将军的功劳给赚的。

多少年来，我不曾回到故乡去，此后的伏波将军，我也就更不清楚了。模模糊糊地，似乎还听说过，将军的大少爷到一个都市里入大学去了，并听说这位少爷不但不知道读书，且十足的浪荡无赖。嗣后，又听说将军的军队被裁撤了，家道也渐渐衰落了下来。从前的朋党也渐渐散去，与日俱增的，却是些狭路仇雠。自然，将军在当年恐难免得罪过多少宵小，趁时报复，也是一般的情理中事。一直到了三四年前的一个春日，我才又在一次十分意外的机缘里遇到了晚年的将军。

是那一次初到家的第三天吧，要去看一个多年不见的老朋友。骑一头小毛驴，伴一个老驴夫，自然，驴夫是自己家乡人。出来自己村子十余里，便一直沿河堤东去。这些地方，都是旧经行处，虽然老屋已换了新屋，老树也代替上了新树，但依然是那一带长堤，一堤青草，两行翠拂人首的官柳，又何况是微风细雨时候，是的，我忘不了那天的微风细雨，再一面看隐约的河水，一面看烟雨中的村落，都不免使我重有眷顾之情，觉得这真是一个久别，一个新归，这里的人们已经经过了多少沧桑呢，颇有些暗自惊心了。我同驴夫都不做声，只听见驴蹄在软泥道上哒哒作响，我们走过了龙王庙，又走过了梯子坝。走过这坝，便是正对着杨叶村的杨叶渡了。忽然，我被一个似曾相识的面孔给怔住了。“我认识他”，心里这样想，“但那一定不是他”，即又这样自驳了。无疑地，那是一个五十来岁的种菜人，戴一顶团团大苇笠，穿一身蓝布短裤褂，赤着双脚，拿一把长铲倚在一个菜园口的树下，呆着，休息着，也许是正在那儿看雨吧。那一副面孔，毕竟不是我记忆中的那一个，只是，不知在哪一点上的相同而使我这样回忆着罢了。也许老驴夫已看出了我的惊异，这一次就轮着他来开口了：

“怎么，你难道就不认识这个人了吗？”

“是啊，认识倒不敢说，只是有些面熟。那么你呢？”

“我吗，我倒认识他，可惜他不认识我，这不就是当年的伏波将军吗？”

说这话时，我们已走过菜园数十武之远了。他的回答虽然证实了我的记忆之不错，然而也更增加了我的惊异了。详细问过驴夫，才知道伏波将军自从下马之后，就自己捡起了那件生意，仗着自己身子壮实，还能够谋生有余，且足以自娱天年。所谓菜园，其实也就无异于一座花园，园里边花和菜几乎各占了一半。雇一个壮年园丁，拧辘辘，推菜车，自己则做些零星活。养一条小狗守夜，养一群母鸡下蛋，养一只百灵鸟儿叫着好玩。这样，那位种菜将军也就很够自己享受的了。至于当年的事情呢，很少有人同他谈。偶尔谈起来，他只是冷笑着说：“远年了，都已忘怀了。”家产当然谈不到，人呢，也都物化星散。大太太死了，两个姨太太都随人改嫁。大少爷曾说是就要出官了，就要出官了，到底官不曾出，到现在连一点消息也不见。两个小少爷是于将军下马之后不久就被土匪掳去，至今也没个下落。家里的东西只要可以变卖的都已变卖，只有几套老房子还站在那儿——在杨叶村，似乎是为了当年的繁华在支撑着门面。而所谓将军的“家”者，也就是这亲手经营的几亩菜园了。

这就是我所知道的伏波将军。此外呢，便是将军死后的情形了，那是父亲送殡归来后告诉的。事情很简单，一口杨木棺就结束一切了。没有送葬人，除却几个世交旧友，更没有什么仪仗，除却有好事者给写了一幅纸旌，旌上大书特书曰：“××省××县伏波将军。”

雉

小时候，养过一只野鸡，从毛羽未丰时养起，所以它是很驯熟了，它认得我，懂得我的言语，并能辨识我的声音，我就是那只小鸟的母亲了。

这小鸟渐渐地长了花翅，当我用口啸唤它时，它把翅膀扇着，张了嘴，咯咯地叫，我吻它，喂养它，心里很喜欢了。暗想道：你快些长大起来吧，要能飞就好，你可以站在我腕上，站在我肩上，或飞在我的头上，我可以带你到旷野去。那里是你原来的住家，你可以再回到你的森林了。但当我用口啸唤你时，你要再向我的肩上飞来，我再带你回家，那就顶快乐了。

果然，不久它就能飞了，毛羽更美了。一只小鸟的长成比一个小孩的长成快得多，我想，如果我也能赶快长大起来就好，如果能长了它那一双翅子就更好。有时，这样的愿望竟在梦里实现了，我同我的野鸡飞着，我同它一般大小，轻轻地，飞过了树林，飞过了小山，飞过了小河，我听到我扇着翅膀的声音了，最后是被母亲捉住了这才醒来。虽然知道这是梦吧，却极喜欢，刚从床上起来便去看我的野鸡，我觉得它更长大了些，也更可爱了。

它饿了便叫，我用口啸唤它，飞到我的手上来了，这只是一种初飞的学习，它的翅膀还是软软的。它确有惊人的进步，我同它逗引着玩，我在前边啸着跑，让它在后面叫着追，当它又飞到我的手上时，我就抚着它的背安慰它。母亲说："把它装到笼里去吧，不然，它要飞到树上去了。"哥哥说："把它的翅子麻起来吧，怕它要飞向山林去了。"我说："不，它已经很驯熟了呢。"

像哥哥母亲所说，那是太残忍了，而且也太没趣了，还是这样好。有一天,我要使它练习高飞,我把它托在掌上,说,"飞吧！"把手一举，它就飞了，果然就飞到了院里的树上，它在那里点头，摇尾，扇着翅望我，我说，"给我下来吧。"它就又飞到了我的手上。心想，这就好了，我很信任这只野鸡的心了。将来我要到田野去工作，带它同去，就让它到池边的树上去玩着吧，等工作完了时，我就唤它下来，我们再一同回家，那就顶快乐了。

日子过得很快，也很快活，我时常把我的野鸡放到庭院的树上，就这样，它是被我养大了。我并不希望它感激我，只希望它健康地活下去，而且伴着我工作，伴着我游玩，它要永久地伴着我，这样我就很满意了。爱管闲事的哥哥同母亲，老是要我提防它，说它有"忘恩负义"的心肠，我怎能信得这些，他们的话是对"人"说的，不是对"鸟"，而这只野鸡又是这样驯熟了。我总爱把它放到树上再把它唤下来，这样，可以表示我驯养这鸟的功劳，更给他们看看这鸟对我的忠心。但有一次它飞到了树上去竟是唤也不来，只用了惊异的眼向四周窥探，向远处遥望，望了远方再望我。“你望些什么呢？”我说，“难道你望着那绿的山林吗？”说着，它却又飞了下来。我分明地看出，在它眼里有着惊怖的神色，我的手，似乎触到它的心的跳动了。我说：“绿的山林是可爱的，但我这里也并不是不自由啊。”它好像很感动，用嘴尖轻轻地啄我的手心，它小时候，这手心原是它平安的饭碗哩。

夏天了，田野里真绿得可爱，从田野那方吹来的凉风，每令人想到：如果到那山阴的林里去睡下就幸福，到小河里去洗澡也快乐。住在家里是这样热，我的野鸡是这样不安，停在院里的树上东张西望，这也就难怪了，现在，它的能力已是完全齐备了吧，说不定它也许要飞回它的老家，但我又怎能缚它的脚或麻它的翅呢，这样的大鸟装在笼里也太不像样，养大它是为了看它飞，那么就让它飞吧。而每次当它飞了又回来时就觉得它更可爱。

有一天，它又飞到树上去了，它从这枝跳到那枝，从这树又跳到那树，它向远方张望了又把翅子屡次鼓动着，我用手招它，口啸着唤它，它向我低回了一眼，也并不是不表示着惋惜，但终于下了决心，似乎说：“再见吧，哥哥！”把尾巴一摇，向旷野飞去了。

我是变成了什么样呢？我在树下待了多时呢？我可不知道，想哭，也哭不出。我也跑向旷野去了。这天的天气太热，太阳把火炎直摔到地上，田里的稻都垂了头，树叶也懒怠颤动了。我漫山漫野地去找我的野鸡，太阳要落山的时候我还在野里踯躅着，我的口啸也无力再吹了，我说："你这野鸟，今番你是幸福的了。"不知怎的，想到幸福两字时眼里就落下泪来，当时，真想也住在绿野里才好哩。正这样想时，却使我大吃一惊：不曾找到野鸡，倒遇到哥哥了，哥哥是特地来寻我的。害羞呢？还是悲哀呢？莫知所以了。"长大了便飞，明年再养只小的吧。"听了这样的安慰，我和哥哥一齐回到了家里。

整个夏天我都思念着我那野鸡。在家里就听着：是不是它又飞了回来；在野里遍寻着：是不是它还能认得我。夏天去了，天气也凉爽了，而我的野鸡还不曾归来。母亲说："你也长大了，不要再玩什么野鸡，秋凉了送你上学堂去吧。"于是我就被关在了学堂里，一直到现在。

蝉

太寂静，静得古怪，好像人已不在这个天地间了。偶尔听到一阵鸽笛，但并非鸽笛，只是碧落之下的一发自然之声罢了，人听了，依然感到寂静。“今日天气好，清吹与鸣蝉”，这个境界很可爱。“感彼柏下人，……”则与我无干。但在这么一个寂静中，听了鸽笛，我却真在怀念着鸣蝉。

有些人嫌恶蝉声，嫌它噪聒，且有人问，它究竟是为了什么呢，从早到晚地老是那么噪个不休不了？它为了什么而噪聒，就连我也不甚知道，但我却确实有点喜欢蝉鸣。初夏雨霁，当最先听到从绿荫深处鸣来的几句蝉声时，是常有一种清新愉悦之感的，觉得这便是“夏的信息”了。而且那尚欠流畅的最初的鸣声，像刚在练习着试调似的，听来别有意趣。到了盛夏，当然是蝉的黄金时代了。愈是大雨之后，蝉愈多；愈是太阳灼热的时候，它们也唱得愈狂。而这时候，我对于蝉也就更加觉得喜欢了。

有人说，“自然之声便是诗”，这话固然有些神秘，但我却很喜欢这话，因为我正喜欢一切的自然之声。霹雳震天，诚也有点可怕，但试想狂风暴雨而无雷霆，岂不也是一个缺憾么？而荒村茅舍，五更闻鸡，则即使住在都市里面的人，有时大概也会想起这个吧。

“以鸟鸣春”，促织则鸣秋，而鸣夏者，我以为当以蝉为首选。盛夏之日，人们都热得没处可逃，而蝉则假一树之荫，而自有其清凉世界，无怪它在炎天之下也能引吭而高歌了。而尤其是当正午前后，人们都热得想睡，而正因为太热，想睡却又睡不得，这时候，一切声息便都被热气所窒，没有被窒的，只有蝉声而已。而蝉的声息,却又和着另一种声息,这声息我名之曰“热的声息”。记得在什么人的小说里，曾经描写过夏天的原野，说有一只什么虫在野地里飞着，它想唱，但太热了，唱不得，遍野里响着热的声息，弄得那虫儿想睡了。太阳的热力，像下得很匀的大雨似的，用了全力向大地灌注，向到处倾泻，而这声息，大概就是那大雨的倾泻声了吧。这是一只夏的欢奏曲，而蝉的鸣声则作了这曲的最高音。这曲，尤其是蝉声，使人听了觉得寂静，静得古怪，好像人已不在这个天地之间了。那是蝉声，然而人会忘记了那是蝉声，而只以为那只是炎天下的一发自然之声而已。

像鸽笛之于清秋，蝉声之于炎夏，也是最和谐不过的了。

我喜欢蝉，并不只为它能鸣。蝉的生活，也很能引起我的兴趣。小时候住在乡下，是和蝉最有缘法的。

乡下人对于蝉的出生，据我所知道的，有两种说法。有人说，蝉的幼虫是从“屎壳郎”变来的。屎壳郎是一种很可笑的甲虫，色黑，能飞。一种较大的如枣，生在土里，但一嗅到地面上有人畜的遗粪气息时，便从土里钻出来，因为这虫的嗅觉是特别敏锐的。有时，它也会飞到人们的家屋里，嗡嗡地绕着灯火狂飞。另一种，形体较小，也是在粪里生活。每当秋后，便常见它们在野道上做滚粪球的游戏。两个屎壳郎同滚一个栗子似的粪球儿，把粪球滚得浑圆浑圆，也不知道那用意究竟何在。有人说，也许那便是它们的性生活，说不定那粪球里面就有着它们新生的幼虫。总之，这两种屎壳郎都是很脏的。因为蝉的幼虫也是出自地中，而在形状上与这两种虫又有些相似，于是有人便以为蝉是屎壳郎的后身了。

另一种说法，则以为蝉有蝉的卵子和幼虫，绝不是从什么别的虫类变化而来。秋天以后，我们常看见树枝的嫩梢——尤其是桃树——有些是先已枯死了的，折开看时，则见死枝里面有一种卵子，白，小，状如虮，据说那便是蝉的卵子。据说直到明年春天，雷鸣惊蛰时，这卵子便被春雷震落，又深深地钻在土里了。所以蝉的幼虫,又名为“雷震子”。春天来,是“出树”的时候了，须掘地五六尺深，才能将树根掘出，把树身放倒。就在这掘树的深穴中，常常有一种幼虫可以被发现，颜色嫩而白，因为落地的久暂不一，形体的大小也不同，头尾蜷曲着，像一个小小的胎儿，那便是蝉的幼虫。到夏天，有的幼虫已经长成，大雨之后，便常见有手指粗细的洞穴，在树林下，在野道边，幼虫于傍晚时从这种洞穴里钻出，寻到了树株攀缘，一直爬到树身的高处，在一夜之间，便已脱壳而为蝉。清晨早起的人，还可以看见有刚才出壳的新蝉伏在它的壳背上，颜色是白的，翅子的边缘则稍带绿色。等太阳升起了，蝉由白色而变为黑色，便成为能飞的蝉，而且是能鸣的蝉了。

从这样的过程看来，蝉岂不是一种极洁净的虫，似乎与那被误认为是蝉的先代的壳郎君，的确是毫无关系的了。因雷震而落地，在地下潜养了很久很久，到重来此世时，却又脱壳升天，这时，彼乃饮风餐露，登高赋诗，我的乡里人们，常把蝉的幼虫呼作“神仙”,的确也是很有道理的。其余如把它呼作“蛸蝉由”“蛸蝉狗”之类，却都不见佳。又，中国药书中称蝉壳或蝉蜕为“金牛壳”，大概蝉的幼虫也可以称作金牛吧，因为它身上原是披挂了金甲的。然而这个名称也依然没有“神仙”二字好，我以为。

虽然我自己并未吃过，据说蝉的幼虫却是可以炒食的。所以每到夏天的傍晚，孩子们往往成群结队地到树林里或野道旁边去摸“神仙”。有时,“神仙”已爬到树上去了,便用了长竿去打取。有时它却正在地上爬行，找寻可以攀缘的东西，孩子们便随地将它们捉起，不是捉，那简直是拾，因为“神仙”们并不机警，见有人来捉它们，却也并不知道设法逃跑的。此处更有些孩子是很乖觉的，当“神仙”尚未出土时，他便用手指把它从地里挖出，因为“神仙”出土的地方,据说却早已有着一个很小很小的洞口。固然，捉了“神仙”回家，是要预备佐膳的了，但有时，也可以把“神仙”们放在蚊帐里，一夜之后，蚊帐里便到处有着已经脱壳的蝉在那儿来来往往地爬着了。

“神仙”虽已经脱壳升天，有时却也难逃过孩子们的恶作剧。据说南方的小孩常用胶类粘蝉，我却未见过。我所知道的是套蝉，方法是在长竿的一端用一丝马尾或马鬃结作活结，冷不防，把活结向蝉首上一套，蝉正要飞起，却已经给活结拴得紧紧的了。在这当儿，蝉是很窘的。

“神仙”出土得愈多了，树枝上有蝉壳也就愈多。孩子们常常带了长竿，携了竹篮，到树林里面去拾“神仙皮”。“神仙”的皮原来也可以成为一种货物。夏天将近完结的时候，便有人担了很大的席篓，到各村里收买蝉壳。“买神仙皮呀，买神仙皮呀”，这样地呼喊着。此外也有担了泥人、芦笛、刀竹或针线火柴之类的东西来交换蝉壳的，这便更是小孩们所喜欢做的交易了。他们也都知道，神仙皮被收买了去，是用来配制眼药或配制金颜料等等物什的。

然而蝉却到底是夏天的虫，春天刚去，便可听到蝉的清唱，而秋天刚来，蝉声也就渐渐地休止下去了。在秋天，我们常见有已死的蝉，且已是遍体生霉，由黑色几乎变成了青苔色的，却仿佛还在做着他们炎夏的好梦似的，依然在那里紧抱着一节已经凋敝了的木末。而这样的寂灭，却也还算得起是一种和平的归结。另外有一种归结，却往往给秋景秋声作了可哀的陪衬，那便是当凄风冷雨时，却犹有唱不成调的蝉在鸣，而有时，却更可以听到一只垂毙的蝉为西风所吹，于是竟吧嗒一声从树上落了下来，跌在地上，却还在努力着想飞，想爬，也许还在努力着想唱吧，而事实，却只有追随了落叶乱转几个圈子，然后才歇在什么地方，这才完事了。人们在这时候，便知道时令是已经到了深秋了。

这里我想谈起另外一种蝉。那一种，比较可以多活几天，却正因为它出生也较晚。它们形体较小，脊背及翅叶上均有花纹，名称是因了鸣声而得，叫“知了”。不过也有称作“暑了”的，大概就是暑天已了的意思吧。唱了最初的夏的消息的，是蝉，而知了，则也可以说是秋的消息的歌者了。乡里有歌曰：

知了知了。

四十天要棉袄。

据云，自听了知了鸣声的四十天以后，天气变寒，是应当改穿棉袄的时候了。我也很爱在凄静的秋的黄昏里，细听那一起一歇的知了的鸣声。

道旁的智慧

《道旁的智慧》是英国人玛耳廷的一本散文集。我喜欢这书，因为他的文章是太适合于我的脾胃了。翻开本书的第一页，在书名下边有这样一句话，“A book for quiet people”，这话便引起我对于这书的兴趣。自己虽然不必属于什么“有闲阶级”，而习于安静却是事实，大概这也是弱者的特征之一，也许就有着不得已的苦衷吧，孟浪起来，或是混在热闹场中，是一定要失败的，于是不敢热闹，也就不喜欢热闹了。在玛耳廷的书里找不出什么热闹来，也没有什么奇迹，叫作“道旁的智慧”者，只是些平常人的平常事物（然而又何尝不是奇迹呢，对于那些不平常的人）。似乎是从尘埃的道上，随手掇拾了来，也许是一朵野花，也许是一只草叶，也许只是从漂泊者的行囊上落下来的一粒细砂。然而我爱这些，这些都是和我很亲近的。在他的书里，没有什么戏剧的气氛，却只使人意味到淳朴的人生，他的文章也没有什么雕琢的辞藻，却有着素朴的诗的静美。

玛耳廷爱好自然，也喜欢旅行。他的旅行，并不是周游世界，去观光各大都市的繁华，更不是远涉重洋，去拜访什么名人的生地或坟墓。他似乎只浪游在许多偏僻地方，如荒城小邑，破屋丛林。而他所熟识的，又多是些穷困的浮浪者，虔诚的游方香客，以及许多被热闹的人们所忘掉的居者与行者。凡此，都被我所爱，最低限度，都能被我所了解，因为我是来自田间，是生在原野的沙上的，对于那田园的或乡村的风味，我很熟悉，而且我也喜欢那样的旅行，虽然还不曾那样旅行过。

玛耳廷没有大量的作品出世，据说只有三本，而我则只读过两本，就是这《道旁的智慧》和他的一本诗集。另一本不曾读到的是散文集。在他的诗集的前面有出版者对于玛耳廷的批评：

“从主观的事实上，玛耳廷实可被称为博学者。同样，也是一个旷达的哲人。他有着容易使人亲近的风格。他的作品是爱‘关怀于太阳、月亮和星星的一流人的’，而且，也很容易使人察知他的观点，像他那样徜徉于尘埃的野道之旁，赏识了各色各样的漂泊者，除却那炫耀的电光，凶悍的摩托声以及那发着恶臭的烟云等,因为它们搅扰了他的野游之兴,而使他感到了大大的不安。”

《道旁的智慧》里有一篇是专讲箴言的。现在摘译一段，以见他的风格之一斑。

“……东方是特殊的生产箴言的地方；那些图画似的智慧之零星，是永久贮藏在人的记忆里，就像骆驼之贮藏了水，为了它们长远而寂寞的沙漠之旅行。在那里，生活是悠闲的，安定的，而且又是纯朴的，人们都有沉思的余暇；他们能看到他们自己的灵魂之深处，并试着去学得旅途的神秘，从静默到静默，这就是我们所谓生活这回事；因此，东方人的箴言，大多数，对于我们西方人的耳官是不甚熟悉的。鉴赏太阳、月亮或星星，静聆风的歌唱，听自然在沉默中低语，她的纤细的语声透过了大地的温馨，树叶的颤动，或是流水的清响，凡此，比之于已经写成或尚未写成的著作，都是更好的教训。而且，当漫游于道旁时，这些智慧方被赐予，赐予那些伐木者、取水者，赐予那些有心肠的乞丐，以及那些终生祈祷并默想的圣徒，这些，在我们的愚昧中，通常是称为游惰的。

“大概，在所罗门的箴言中，即使有所罗门自己的创作，也一定很少，那一定是些普通人的言语，被采集了来送到了皇宫里，因为那些道旁的尘埃，使他们向着生活的真理睁开了眼睛，这生活的真理躲开万能的皇帝以及贵官们，而显示给了那些浮浪者以及被摈弃者的‘水中照脸，彼此相符。人与人心也相对’。第一个说这箴言的人，一定是一个仆仆风尘的倦旅者，傍着他的漫不相识的伴侣，休息在庄严的岩石之荫下，当他们已经饱饮了被炎日所忘掉而不曾被晒干的潭水之后。因为当此意外舒适的良时，人将坦然地向陌生者托出了他的良心并诉说出他的思想，这思想，甚至是他宁愿对他的母亲守着秘密的。这样的话，就有着道旁的智慧之真实的声音。它们是永不曾被住在宫殿里的人们说起过的，在那里，水必须被取了去为皇室所用，虽然全世界都渴得要死，而那些人们的秘密，又是永久保守得极其严密。”

在《道旁的智慧》里，多数是这样的文章，每一篇，都显著地表明出他的风格，其中所谈的有“老屋”“旅行”“独居”“城市之烟”“贫穷的优越”，以及其他关于乡村的或传说的景物与故事。文章都是自然而洒脱的，每令人感到他不是在写文章，而是在一座破旧的老屋里，在幽暗的灯光下，当夜深人静的时候，他在低声地同我们诉说前梦，把人们引到了一种和平的空气里，使人深思，忘记了生活的疲倦和人间的争执，更使人在平庸的事物里，找出美与真实。

另一本散文集，据说完全是描写乡村生活的。假若玛耳廷可以被称为田园诗人的话，则这书或比较《道旁的智慧》更有趣，不曾得到这书，是不能不引为憾事的。幸而由 W 先生的介绍，得读到其中的一篇“篱笆道旁的荷马”。这是写一个乡村的歌者，推了手车，在尘埃的道上流转，在乡村的市集上读他的书，而且大胆地在他的书面上印了大字的广告：“考林克劳提，乡村生活和普天下的奇事之新歌者”，国家的战争以及是非曲直等都不会使他关心，因为他知道一切大游戏，是只有最强者终获胜利，在他的诗歌里也找不出什么同情或怜悯来，除非对于那些“呜咽的骡子”和“哀号着的牡牛”，它们是既不为国家而战争，也不知道什么是光荣，而它们的哑默的英勇，是只有被考林克劳提歌咏着的。考林克劳提也不曾听到过勇敢的武士之狂吟，他却只听到了下贱的车马夫之欢歌。这种歌子是在道旁的小店里，当许多素不相识的旅伴遇到一处，传杯递盏，高谈阔论的时候所唱的，他们一次相遇之后，继而又走上各人的征途；于是我们的考林克劳提便亲手写下了那车马夫的歌子，当他又走上自己所爱的道路时。

从这“篱笆道旁的荷马”里，我们很可以看出那所谓《道旁的智慧》的基调来，而且在这篇文章里，好像玛耳廷在发明他的艺术的理论，又好像在探寻原始的真的诗之诞生。下面一段，是从这“篱笆道旁的荷马”里摘译出来的，可以作为玛耳廷的艺术观，并作为本文的结语：

“真的诗歌，如同真的美，是永远不会被埋没的，纵然它是赤了脚，走在道旁的尘埃里；世间永有着无数的耳朵，为了这个诗人而听，更有着无数的眼睛，为了另一个诗人而视。就正如灵感的呼吸，它是‘任其所欲而吹送着的’，并不受任何人力的驱使；而且，有多少顶可宝贵的诗歌，是没有父亲，没有母亲的（我们不知道它们的作者）。只是一脉气息，被吹送到了这个世纪里来，就如曾经动荡在人们心里的一种声之回响，虽然没有人能给它确定一个名字！散曲残韵，第一只歌子，这在一个夏天的清晨，只为了一个纯粹的欢乐，或只是为了忧伤而歌于一个凄冷的狂风之夜，这些从一个无名者的胸中偶尔所得的收获，即使坟墓唱出了最后的薤露，即使那些知名之士的著作都被灰尘所封，或被束之高阁的时候，这些收获也将继续地生存着，至于永久。”

平地城

我们是被一辆骡马大车载向去省城的路。为要当天午前赶火车，并预备在太阳落地时候到城里，冬季夜长，刚听到第一遍鸡声我们就动身了。像这样夜行，我还是初次体验，大车在黑暗中向前摇摆，车轮的咕隆声就觉得异样，那声音响得很远，又特别震耳，会不会惊动了什么可怕的事物呢，有时竟这样担心着。两个赶车人却不住地谈笑，“信不信呢？嗯，我问你，你信不信呢？”常听到老年人这样追问。

天气很冷，地面上该正凝结着霜粒吧。向远方望，只见白茫茫一团雾气。天晴着，暗蓝天空中缀着灿烂的星斗。我从未见过那么美丽的星光，那是可以分辨出各种颜色来的，紫的、蓝的、金黄的，而那些光芒又放射得很清楚，很耀眼，我几乎不敢正视那些光芒。我在几条棉被里紧紧偎缩着，心里却在想着些鬼怪的物事。有时候看见前面一片黑影，以为是走近一个村落了，走近时，才知道是一座墓林。年轻的赶车人便故意把骡马赶得快些，并把皮鞭用力地抽出特别声响。那个坐在外辕上的老人呢，则暂时也抖擞一下，并故意地大声咳嗽，这时候他们是不再谈笑了，直到走过很远很远，那座墓林已消失在雾气里了，他们的谈笑才又继续。

“你信不信！嗯，我问你，你信不信呢，嗯？”坐在外辕上的老人又这样追问了。

这老人有很多的特殊经验，话很多，而又很琐碎。那个年轻人则照例不大信服，总爱以这样的口吻作答：“什么？什么？没亲眼见过的咱就不信。”

这却更引起老人的话题来。“没见过？没见过？”他这样反诘着，“你不曾见过，我却曾见过很多呢！年轻人什么都不服气。”于是他又举一个例子给年轻人听了。他说他年轻的时候也是终年在外边跑着，又多是行着夜路。有一次，他是赶了大车从远方回家，距村子还有三十里路就已经夜了，无论如何，非当夜赶回家去不可，他心里这样想。但天色愈黑，道路也愈崎岖，他心里怕极了，但同时却又觉得好笑，这有什么可怕呢，便自己安慰着，壮着胆子，只好让一匹辕马任意走去。凡骡马都是生有夜眼的，他又说，所以它们才非常灵敏，并能看见人眼所看不见的东西。那时候，他一心地注视着辕马的耳朵，忽然，完全是忽然地，大车停住了，辕马把两只耳朵挺直地竖了起来。他心里立刻一怔，什么也看不清了，只像有一团黑雾立在面前。那黑雾愈增愈厚，使他觉得那简直是一堵黑墙。等不多时，那堵黑墙中间却又出现了一道隙缝，且渐渐地露出了一道灰白，显然是一条正路样子，他顺着那路走去了。走了很久，很久，而且非常疲乏了，在车辆的击撞声中，他听出辕马的喘嘘，他用手去摸那马背，马背上已满是汗水。回头看看天空，三颗明朗的参星已落向了西边，知道已是下半夜时辰，他认定了他的方向是向东的，但计算时间就应该早到杨家林了。是啊，杨家林，他重复着说。杨家林是当地杨姓家的墓地，却又满种了白杨，一过这林，就去家很近了。然而走了一夜样子还不曾听到杨叶响，他心里跳着，也满身是汗了。直到天要发亮时，他才知道是绕着距杨家林不远的一方墓田转了一夜。

老年人说了这话，沉默了，好像在盼着年轻人的回答。但这一次那年轻人却故意不睬，只把长鞭在暗中摇着，并用野话骂着辕马。我则依然缩在棉被里，不知走了多远，或走了多少时候。最后，那个老人却又自动地发言了。“又一次，”他喃喃地说，“也是一个暗夜。忽然，完全是忽然，我的辕马又站住了，又竖直了两只耳朵。不好！我立刻这么一喊——”

“怎么啦？是不是又遇见了什么鬼怪？”不等老年人说完，年轻人便插进来这样问了。

“什么也没有。”老人答，“不过那辕马要撒尿罢了。”于是两个人都笑了起来。

也许是将近黎明的原故吧，我一时觉得冷不可支，两个赶车人也瑟缩得厉害，坐在车前面一声不响了。大车进行得很慢，轮声也变得很钝，仿佛老是轧在软泥道上，天上星光渐稀，只是远方的雾气也还依旧。直到在两箭之远的地方忽然发现一点灯火时，那老人才又抖擞了一下，并喃喃着说，“我们已经来到平地城了。”随即打了一个呵欠。

我们都向着灯光之所在张望了一番，其实，这时候已是东方发白了，且隐隐地听到鸡鸣犬吠的声音。只有少许较大的星星还留在天上，紫的、蓝的和金黄的，这时都变成了白色。灯光亮处却不见什么城垣，只看出有些土堆隆起，忽高忽低，正像许多丘坟。我们齐声问道：

“平地城？城在哪里呢？”

“平地城呢，当然是没有城啦。”老人答。“平地城就是我们的省城。”他又解释着说。接着就讲出了下面的故事：

平地城原来是有城的——他这样开始——但现在却是没有了。在古时候，究竟是什么时候也不知道，这座城忽然搬家了。当然，只有神仙才会这样办，也有人说就是鲁班，因为鲁班是一个大木匠，他只用了一夜的工夫就把这城搬走，搬到我们的省城去了。妙处是一点不错，像未搬时一样，北关是北关，西关是西关，连一草一木都不曾零乱。睡觉的人们还正在好睡，清晨起来却已是在乱山之中了。我们的省城不就在乱山之中吗，而且又是夹在两条东入于海的河流之间。这座城是被搬到一个下洼地方去了，就像一艘船，被划到了一个港里，但那里却又时有急流泛滥之虞。夏秋之际，两河水涨，那下洼地方便真会变成一片汪洋，那只船就难免有漂流而去的危险，所以神在城南的山顶上立下一个高大的石橛，就算是缆船的柱子，那座山就叫作石橛山，而我们的省城才得有一个今日。

老人又把话停住了，沉默着。片刻之后才又指着那盏愈来愈暗的灯光说：

“看见吗？就是那盏灯，那就是卖油条的那人家了，他住在平地城南关。”

接着又说：

“我曾说过，不是连一草一木都给搬走了吗，只有这卖油条的人家却是给留下了。”

我们问，这是为什么呢？他说，这原是应该搬走的，却因为他们夜里起来掌灯做活，把神灵惊动了，等到晨鸡一叫，一切都算完事。于是这人家就留在这里，并依然是每夜早起，掌起灯来做活。据说这里的地底下还蕴藏着无数的宝物，每于午夜时分放出白色的光芒，如果有人认清那发光的地方，总可以发掘出什么来的。听说那卖油条的人家就曾经费过苦心，但发掘出来的总是些枯骨朽木之类。这地方实在荒凉极了。

我们的大车走得更快了些，天已经完全亮了，我们陆续地遇着几个行路人，稍远处也看出几个村落。讲故事的老人向四处张望，并告诉我们许多奇怪的地方名称以及到各处去的路程。年轻的赶车人本来已沉默了很久的，忽然又微笑着向老人问道：

“老伯，那些事可都是真的吗？”

“不是真的，还会是假的吗？”老人确定地答，“你不信？不信？你不曾见过河北的曲堤塔吗？”

于是他又讲曲堤塔。他说，曲堤塔也是在一夜之间被神搬走的，不过搬走的只是一个塔顶罢了。“曲堤塔，任峰顶。”已经成了一句俗话，那塔顶是被搬到任峰去了，据说，那一夜还刮过可怕的妖风呢。

太阳上来的时候，我们都舒展了许多。远方的雾已渐渐退开，地面上漫着一层薄霜，连我们身上和骡马身上也都是霜了。结在老人胡子上的很厚的霜粒，就好像开绽着一朵雪白的绒花。计算时间，当天傍晚我们是可以赶到城里的了。

桃园杂记

我的故乡在黄河与清河两流之间。县名齐东，济南府属。土质为白沙壤，宜五谷与棉及落花生等。无山，多树，凡道旁田畔间均广植榆柳。县西境方数十里一带，则盛产桃。间有杏，不过于桃树行里添插些隙空而已。世之人只知有“肥桃”而不知尚有“齐东桃”，这应当说是见闻不广的过失，不然，就是先入为主为名声所蔽了。我这样说话，并非卖瓜者不说瓜苦，一味替家乡土产鼓吹，意在使自家人多卖些铜钱过日子，实在是因为年头不好，连家乡的桃树也遭了末运，现在是一年年地逐渐稀少了下去，恰如我多年不回家乡，回去时向人打听幼年时候的伙伴，得到的回答却是某人夭亡某人走失之类，平素纵不关心，到此也难免有些黯然了。

故乡的桃李，是有着很好的景色的。计算时间，从三月花开时起，至八月拔园时止，差不多占去了半年日子。所谓拔园，就是把最后的桃子也都摘掉，最多也只剩着一种既不美观也少甘美的秋桃，这时候园里的篱笆也已除去，表示已不必再昼夜看守了。最好的时候大概还是春天吧，遍野红花，又恰好有绿柳相衬，早晚烟霞中，罩一片锦绣画图，一些用低矮土屋所组成的小村庄，这时候是恰如其分地显得好看了。到得夏天，有的桃实已届成熟，走在桃园路边，也许于茂密的秀长桃叶间，看见有刚刚点了一滴红唇的桃子，桃的香气，是无论走在什么地方都可以闻到的，尤其当早夜，或雨后。说起雨后，这使我想起布谷，这时候种谷的日子已过，是锄谷的时候了，布谷改声，鸣如“荒谷早锄”，我的故乡人却呼作“光光多锄”。这种鸟以午夜至清晨之间叫得最勤，再就是雨霁天晴的时候了。叫的时候又仿佛另有一个作吱吱鸣声的在远方呼应，说这是雌雄和唱，也许是真实的事情。这种鸟也好像并无一定的宿处，只常见它们往来于桃树柳树间，忽地飞起，又且飞且鸣罢了。我永不能忘记的，是这时候的雨后天气，天空也许还是半阴半晴，有片片灰云在头上移动，禾田上冒着轻轻水气，桃树柳树上还带着如烟的湿雾，停了工作的农人又继续着，看守桃园的也不再躲在园屋里。这时候的每个桃园都已建起了一座临时的小屋，有的用土作为墙壁而以树枝之类作为顶棚，有的则只用芦席做成。守园人则多半是老人或年轻姑娘，他们看桃园，同时又做着种种事情，如绩麻或纺线之类。落雨的时候则躲在那座小屋内，雨晴之后则出来各处走走，到别家园里找人闲话。孩子们呢，这时候都穿了最简单的衣服在泥道上跑来跑去，唱着歌子，和“光光多锄”互相应答，被问的自然是鸟，问答的言语是这样的：

光光多锄，

你在哪里？

我在山后。

你吃什么？

白菜炒肉。

给我点吃？

不够不够。

在大城市里，是不常听到这种鸟声的，但偶一听到，我就立刻被带到了故乡的桃园去，而且这极简单却又最能表现出孩子的快乐的歌唱，也同时很清脆地响在我的耳里。我不听到这种唱答已经有七八年之久了。

今次偶然回到家乡，是多少年来唯一的能看到桃花的一次。然而使我惊讶的，却是桃花已不再那么多了，有许多桃园都已变成了平坦的农田，这原因我不大明白。问乡里人，则只说这里的土地都已衰老，不能再生新的桃树了。当自己年幼的时候，记得桃的种类是颇多的，有各种奇奇怪怪名目，现在仅存的也不过三五种罢了。有些种类是我从未见过的，有些名目也已经被我忘却，大体说来，则应当分作秋桃与接桃两种，秋桃之中没有多大异同，接桃则又可分出许多不同的名色。

秋桃是由桃核直接生长起来的桃树，开花最早，而果实成熟则最晚，有的等到秋末天凉时才能上市。这时候其他桃子都已净树，人们都在惋惜着今年不会再有好的桃子可吃了，于是这种小而多毛，且颇有点酸苦味道的秋桃也成了稀罕东西。接桃则是由生长过两三年的秋桃所接成的。有的是“根接”：把秋桃树干齐地锯掉，以接桃树的嫩枝插在被锯的树根上，再用土培覆起来，生出的幼芽就是接桃了。又有所谓“筐接”,方法和“根接”相同，不过保留了树干，而只锯掉树头罢了，因须用一个盛土的筱筐以保护插了新枝的树干顶端，故曰“筐接”。这种方法是不大容易成功的，假如成功，则可以较快速地得到新的果实。另有一种叫作“枝接”，是颇有趣的一种接法：把秋桃枝梢的外皮剥除，再以接桃枝端上拧下来的梢子套在被剥的枝上，用树皮之类把接合处严密捆缚就行了，但必须保留桃枝上的原有的嫩芽，不然，是不会有新的幼芽出生的。因此,一棵秋桃上可以接出许多种接桃，当桃子成熟时，就有各色各样的桃实了。也有人把柳树接作桃树的，据说所生桃实大可如人首，但吃起来则毫无滋味，说者谓如嚼木梨。

按成熟的先后为序，据我所知道的，接桃中有下列几种：

“落丝”：当新的蚕丝上市时，落丝桃也就上市了。形椭圆，嘴尖长，味甘微酸。因为在同辈中是最先来到的一种，又因为产量较少之故，价值较高也是当然的了。

“壹匹子”：这是和小麦同时成熟的一种。形圆，色紫，味甚酸，非至全个果实已经熟透而内外皆呈紫色时，酸味是依然如故的。

“大易生”：此为接桃中最易生长而味最甘美的一种，能够和“肥桃”媲美的也就是这一种了，熟时实大而白，只染一个红嘴和一条红线。未熟时甘脆如梨，而清爽适口则为梨所不及；熟透则皮薄多浆，味微如蜜。皮薄是其优点，也是劣点，不能耐久，不能至远，我想也就是因为这个了。

“红易生”：一名“一串绫”，实小，熟时遍体作绛色，产量甚丰，绿枝累累如贯珠。名“一串绫”，乃言如一串红绫绕枝，肉少而味薄，为接桃中之下品。

“大芙蓉”：形浑圆，色全白，故一名“大白桃”，夏末成熟，味甘而淡。又有“小芙蓉”，与此为同种。果实较小，亦曰“小白桃”。

“胭脂雪”：此为接桃中最美观的一种，红如胭脂，白如雪，红白相匀，说者谓如美人颜，味不如“大易生”，而皮厚经久。此为桃类中价值最高者。

“铁巴子”：叶细小，故亦称“小叶子”。“铁巴子”谓其不易摇落，即生摘亦须稍费力气。实小，味甘，现已绝种。另有“齐嘴红”一种，以状得名，不多见。

有一种所谓“磨枝”的，并非桃的另一种类，乃是紧靠着桃枝结果，因之被桃枝磨上了疤痕的桃子，奇怪处是这种桃子特别甘美，为桃贩所不取，但我们园里人则特意在枝叶间探寻“磨枝”来自己享用。为什么这种桃子会特别甘美呢，到现在也还不能明白。另有所谓“桃王”的，我想这大概只是一种传说罢了。据云

“桃王”是一种特大的桃子，生在最繁密的枝叶间，长青不老，为一园之王。当然，一个桃园里也就只能有这么一个了。有“桃王”的桃园是幸福的，因为园里的桃子会格外丰美，甚至可以取之不竭。但假如有人把这“桃王”给摘掉了，则全园的桃子也将陨落净尽。这是奇迹，幼年时候每每费尽了工夫去发现“桃王”，但从未发现过一次，也不曾听说谁家桃园里发现过。

桃是我们家乡的重要土产，有些人家是借了桃园来辅助一家生活之所需的。这宗土产的推销有两种方法：一是靠了外乡小贩的运贩，他们每到桃季便肩了挑子在各处桃园里来往；另一种方法，就是靠着流过这地方的那两条河水了。当“大易生”和“胭脂雪”成熟的时候，附近两河的码头上是停泊了许多帆船的，从水路再转上铁路，我们的桃子是被送到其他城市人民的口上去了。我很担心，今后的桃园会变得冷落，恐怕不会再有那么多吆吆喝喝的肩挑贩，河上的白帆也将更见得稀疏了吧。

五车楼

稚泉先生与吾为至亲，但为了某种特殊关系，直到自己十六七岁时才渐渐知道亲近。先生因酒致疾，去世时犹未及六旬，在家乡中，我已经失去了最爱护我且最能相知的一人了。

为了那种特殊关系，使我对于先生生平的前一段非常模糊，就在我提笔的此刻，最先跃入我的记忆中的也只是一柄七星宝剑的影子而已。说是七星宝剑，其实正与现今军官们所佩的指挥刀相似，不过那确是一把长剑，而非刀，且于剑刃上嵌有七颗灿烂的金星，作为警察长的稚泉先生，是佩了这样一把长剑的。应该是民国初年间的事情吧，各处均试行地方自治，负督察管理之责的大概就是一个警察长了。那时先生三十岁左右，是被称为有学识，有德行，且经过了考试而被分派到这件职务来的。我不能忘记的是先生那一身宽大的黄制服和常常闪烁在我家灯下的一道剑光。先生有着颀长的身材以及清秀的眉目等等，在当时也已深深地印入我的记忆。我不知道先生在职有多少时候，但总是很短的期间吧，因那时候的政治是朝令夕改，事无恒轨。在这之前，据说先生也曾经跑到东北关外去做过教书一类的事情，那是先生在科举上失败的结果，但紧接着也就是废科举兴学堂。先生在关外是曾经取得了教学堂的资格的，却又终于因为怀乡心切，不久也就回到老家来了。回到老家以后，也许曾有一段平安的日子好过吧，我不甚清楚，但过此一往，先生便永久在颠簸的运途之中了。

先生的家，正是所谓半耕半读人家，先生自己，也是时常在田间做着劳工的一人。有二十几亩农田，每年被春风吹成沙漠的已居其少半，此外，又因为先生喜欢园艺，瓜果桑麻之属又占去不少，十口之家，实在也仅仅是足衣足食罢了。先生为嗣出，在形式上与其母亲及两个弟弟为分居，实际上则是一人而负了两个家庭的重担，为了母亲病危，自己偷偷割了胳臂来煎药的事情，虽然是一件秘密，而且也难免被明达人嗤为愚孝，然而这也很可以看出先生的性格之一面。先生无女，有四子，“稚泉先生是多福的”这类话，是常常被人说起的，也正如多财者之乐善好施一样，把自己最小的一个儿子赠送给一个“中年无子”的人家去了。其余三个，都在本地受有相当教育，但终于都未能像先生所希望那样，使他们继续求学。长子务农治家，这是我们乡间的习俗。余二子正当读书时候，却适逢一个兵荒马乱的时代，兵匪不分，先生的三子是曾经在学校里遭过一次匪难的，这便成为他们辍学的原因，结果是两弟兄均被送到商店去做了学徒，而从此也就是这被称为多福人家的多难之秋了。三个儿子都已经娶妻生子，这是家庭间大事，也是家庭中负担，但等到三个媳妇均相继病亡，且又把聘媒迎亲种种麻烦事情重新做过一次之后，这个仅仅衣食足的家庭便渐渐显出拮据样子，作为家长的稚泉先生，已常常于无人处发出叹息，再加以赋税繁重，年景荒歉，这时候先生大门上却故意写了“太平老农”四个大字，实际上是不断地慨叹着欲为太平老农而不可复得了。先生对于辛亥革命是极端赞成的一人，在乡间不顾人家笑骂而最先剪去发辫的是先生，对于兴办学堂一类事情，先生也都表示满意。但几年过去之后，一切事情均在自己眼前愈变愈坏起来，先生是渐渐失望了，社会的、家庭的一切变故，助长了先生一种非常高傲性情，先生之纵酒牢骚，大概也以此时为起始，这种性情，是直到先生的晚年才更见偏激了的。先生喜读陶诗，常谓：“世人皆知道一个隐逸的陶潜，却很少在隐逸中看见他的愤世，只因为靖节先生是天生一个诗人气质，又有好涵养，故能有那么一种恬淡风度，能说出那样大方言语。人说现今是出草泽英雄的时候，我则以为这时候也应有陶渊明其人。”在烦琐的家庭生活中，先生能够得以自慰的，恐怕也就是一部陶诗和一只酒杯了。自己年轻时候颇娴于书画诸事，故书斋中不少名家卷轴；又酷爱草木禽鱼，故斋前俨然一小小花园。先生又极健谈，爱说前人掌故，疾论世俗，不过在乡间没有可以对谈的同伴，常使先生感到无可如何的寂寞。好酒，又不喜独饮，但一遇酒友则不辞大醉，醉则拍案高呼，穷所欲吐，诵前人佳句，说古人轶事，还要向对面的人问道：“懂得不？”其实并不曾顾及人家听与不听，只是自己聊舒郁闷罢了。我还记得自己正在中学读书时，从省城回到家乡，到家的次日，第一个要拜访的就是稚泉先生。先生不把我当作孩子看待，却把我当作一个朋友一样攀谈，这时候先生的喜悦是使人感到非常可亲的。把我的日记拿了去当作新闻阅读的事情也曾有过。当时我颇喜欢宋明理学，又兼及佛法，先生见我要立志学为圣人的那种蠢气，笑道："××，你难道要修炼神仙吗?"当然，这是对于我的一种嘲笑。后来也不知因为什么，我忽然又专治辞章一类东西了。先生是喜欢辞章的，却不赞成我弄辞章，说这不是弄辞章的年头，应当向更远大处着眼才行。我当时很能够了解得先生这番意思，然而也只有自己惭愧而已，时至于今，也就更觉得惭愧了。

先生在忧郁中自寻快乐，在凡俗中自寻趣味，他很喜欢那些无知无识的农人，有时也能同一般无拘无束的人们相周旋，然而这些人究竟不是他的同伴，先生的真实同伴还是他自己亲手培养起来的草木禽鱼，以及左右不离的书籍笔砚，此外，也就只有一个烂醉了。这时候的稚泉先生大概是以一种冷嘲态度来对待一切，我看他后来渐渐地喜欢《水浒》《庄子》一类书籍，或者也不无理由。直到最后两件不幸事件发生，先生是完全被打到悲观里去了。

先生的第四个儿子，虽然是被当作礼物而赠给了一个异姓亲戚，他却得免于一个商人的命运，到得民国十七年顷，已经是在省城中将近卒业的一个中学生了。违背了他的做困苦农人的父亲，能够一步一步遍历艰难，奔到一个中学毕业资格，稚泉先生在鼓舞他上进这一点上，是唯一的人。而第一件大不幸事也就发生在这个青年身上。在政治方面，这时候是一个最黑暗时代，在一般青年人心里，也正是一个山雨欲来的感觉，大家皆贮蓄新的力量，企盼新时代的到来，这个将近卒业的中学生也不在例外。他为了一本不关重要的洋书被官方认为危险而被捉入狱了，而且把在这省城里经商的三哥也连累了进去。虽然等到政治上已完全换一个模样时，他也得到了他的自由，然而两个家庭均已濒于破产，稚泉先生则因为痛心于两个儿子同时遭难，几乎病成疯狂，从此以后，就永不曾恢复健康。几年之后，那个中学终未卒业的青年又以自己的努力而做了大学学生，稚泉先生的希望方得以复燃起来，而且他又有着更大的希望了，他希望这个年轻人能成为他理想中的人物。而他个人呢，别无所求，只想从这个已经送给别人的儿子手上得些帮助，可以遍历天下山川，最后，则想买尽天下奇书，在自己家乡建一座读书藏书的楼阁，而且早已给那理想中的楼阁起了名字："五车楼。"先生时常对人谈起这个，并时常自己计划：何处花园，何处池塘，一边是自家的小小村舍，一边是绿野桃园，五车楼则矗立其间。"老年来能以此自娱，也就算不负此生了。"先生常对人这样说。然而又隔不到两年，这样的希望却又被另一件事情给抹掉了。

先生的第二个儿子，原是在另一个城市里经营商业的，七八年来，终于因为商业不振，自己跑到西北天边做开垦事业去了，这是一件苦事，然而也是一件极有希望的事，于己于人，都算得一桩好事业，故一去三年不曾还乡，也并不大惊小怪。事情渐渐就绪，且已有了相当基础之后，为作更长久计，于是才第一次回到老家，一则要看望家乡人，再则要把自己妻子、小孩也搬到西北天边去，但再从家乡带了妻子小孩重新就道时，刚刚到得关外的第一个城市，这个颇有雄心的垦荒人便在一家旅店里病倒了，结果是由家乡来人把妻子小孩带回家乡，而他自己则被落在这个边城外边的一个山岗土丘里边了。这在稚泉先生是致命的一击，愁病交加，纵酒益甚，又因为世运不佳，遍地灾异，虽然有第三个儿子从买卖上拿些钱来帮助度日，然而杯水车薪，不甚济事。先生的母亲已经去世，两个弟弟又陨落了年长的一个，家庭间时常有人为那个丢在天边的人流泪，而先生自己则更担心那一把亲生骨肉不能早早运回故土。先生是一个至情人，又爱用自己想象构造出一些凄惨情境，每当风寒露冷时节，辄向家人子弟辈哀哀说道："你们这些人有甚用处，竟不能为我了却这件心病，试想想看，冷风冷雨，让他一个人留在千山万水之外的一座荒山小丘上……"于是悲从中来，酒与泪共饮，叫一家人皆觉得无法安排。

二十二年春天，先生得一种叫作"酒嗝"的病，乡间医生均无法治理，先生又有见于二儿的命运，坚执不肯到远远的省城去就医，终于也就被这病症给攻倒了。先生卧病的时候，我常有机会去看望先生，同往常一样，先生见到我便有好兴致。我还记得有一次因为谈得太高兴了，先生竟从病床中坐了起来，并大声念道：“老骥伏枥，志在千里，烈士暮年，壮心不已……哈哈，你们年轻人哪里中用呢。”先生对于已经送给别人的那个儿子仍怀着希望，只愁他进步太慢，不能早些实现他的“遍历天下山川”和“五车楼”的计划。先生晚年喜旱烟，托我于再来北京时给他买一套古雅烟具，可惜连这么一点小事也不能等待，只令人徒唤奈何罢了。先生去世后，三子仍在远远的省城经商，只留下长子一人料理一个破碎的家庭。长子是一个勤俭朴实的农人，也已经中年了，我见他把稚泉先生窗前的花草移植到坟前去的那心情，觉得可哀。

花鸟舅爷

夏天。

我从洛口铁桥搭上了下行的双桅船，时候是上午十点左右。天晴着，河风吹得很凉爽。头上虽有炎热的太阳炙晒，仍觉得十分快适。这是一段颇可喜爱的水程。船在急流中颠簸前进，夹岸两堤官柳，以及看来好像紧贴着堤柳的天边白云，都电掣般向后闪去。船上人都欣喜于遇着了一次顺风。而我所更喜欢的则是正午前后便可以下船登岸了。

“到苗家渡可还远着吗？”

“不远不远，面前那座林子就是了。”

划船人指着二里开外的一丛绿树答我。时候还不到十二点。我是等船到苗家渡就登岸的。目的地是住在马家道口的舅爷家。从苗家渡到马家道口不过三里。这三里路是在堤柳的浓荫下面走过的。计算时间，我早该到达舅爷的家了，但依然看不见我记忆中的舅爷家的标识。我心里焦急起来了。

沿堤一带居民，都靠了堤身建造房屋。这不但有占居官地的便利，且可利用了堤身作为房屋的后墙。故从河堤的前面看来，则沿堤均如建造了一排土楼，自然，也很容易辨识出是谁家的门户。但从堤后看来，则仅仅是高出堤面一尺的茅檐，而家家茅檐又大多数无甚区别。走在堤后的人想取了捷径以直达所要去的人家，像我这样久不归乡的人，就是一件难事了。并不是不能转到堤前去认出舅爷的家，只是愈找不到舅爷家的标识就愈想找个究竟。“莫非是走错了路吗？”这样想。心里焦急着，仍不能从那些茅檐上认出舅爷的家。

舅爷的家是有着标识的。在过去，从外边回到故乡时，我每每先从那些标识上认出舅爷的家，又每每先看了舅爷，再由舅爷伴送着回到自己家里去。

从自己最初的记忆起，舅爷家就过着非常贫苦的日子。然而就在这贫苦日月中，舅爷却永是一个快乐人。舅爷的年轻时代，我知道得不详细。据说他曾一度做过鞋匠，但究竟为了什么而不能以此为业呢，我不得而知。生有一副病弱的身体，有时又不能不靠了身体去换取一点生活之资。自家原有几亩薄田，也多半坍塌到河里去了，未曾坍塌的，也以任其荒芜的时候居多。自然，像舅爷这样人，是不能靠自己耕种来过活的了。这一半固由于他有一个懒散性子，一半也由于那条称作这个国家的“败家子”的河流的教训（这条不能正正经经流到海里去的河水，使这一带居民都信任了他们的不可挽回的命运）。水缸里，有从河上取了来沉淀着待用的饮料。河堤空地上，也有随时种植的家常蔬果。河堤两旁的树上，又有随时取用不竭的燃料。只要于高兴卖力气时出去做几日短工，就可以赚得来暂时需用的口粮了。就在这种情形中，与其他居民相仿，舅爷打发了自己的日子，并尽可能地维持了一家四口。我已经说过，我这位舅爷是一个在贫苦中有快乐的人，而他的乐趣却不仅在于他能够对付得他的贫苦。

像舅爷这样人，在生活中，照例是不缺少闲散的。在闲散中，他才有他自己享受的生活。他会以几个小钱的胜负去抹把纸牌，会用极粗俗的腔调唱几支山歌，又会坐在自家门槛上吹弄着什么唢呐。而他在日常生活中最感兴趣，最肯花费自己精神时间的，就是种种花、养养鸟这一类玩意儿了。他喜欢一切花，一切鸟，不但是自家的，就连人家的，以及飞在空中的，开在道旁的，他都喜欢。一只不知名的小鸟，叫着，从空中飞过了，不见了，他会仰面朝天，呆望了许久。他也会一个人徘徊在荒道上，墓田上，寻找着什么野生的花草。舅爷自己家里当然是养着许多花鸟的。虽然花草中也没有什么值得珍惜的东西，但借了那些红红绿绿的颜色，又仗了他的细心和闲暇，把许多花草都安排在一种近于天然艺术的图案里，虽然是破屋烂墙的人家，于是也装点得极其好看了。故从河堤前面走过的人，都很容易指点出这有着小小花园的人家。至于鸟呢，当然，也不过什么碧玉黄雀之流，甚至连麻雀也养在里边。然而它们都生活得极其舒适，仿佛很乐意活在这个主人的笼中似的，叫着、跳着，高高地被挂在檐前，挂在树上，使主人喜欢,使过路人欣羡。从自己用极困难方法得来的粮米中,省俭出一部分米粒来饲养了这些鸟族的舅爷,他的快乐恐怕是我们所不能想象的了。

舅爷的庭前原有着几株榆树,满树上都载着鸟窠。这几棵榆树的年龄恐怕比舅爷的年龄还要大些,舅爷也已是五十过后的人了。在一般贫苦人家,这样的木材是早应当伐下来换钱的,但这几株榆树却依然保存着它们的幸运。我想,这虽然也有什么风水迷信之说,但最大的原因,恐怕还是为了榆树上的那些鸟窠吧。仿佛那些喜鹊都认定了这是一个可以久居的地方,巢窠是与日俱增着,而且这也是多少年来的事情了。依照外祖母的以及其他人的意见,这几株树也是应当伐了出卖的,当然,阻止了这事的仍是舅爷。他喜欢那些喜鹊,他爱护它们,他好像把它们当作一家人似的,在一处生活过来了这些年。“假如把榆树伐倒,岂不是拆毁了人家的家吗?”他这样说。于是,这几棵树,连同这些鸟窠,就一直保留了下来。而且,多少年来,这几株树上永有红色的牵牛花攀缘,花发时节,是满树红花,远远望去,这就是一个很显然的标识了。走在河堤后面的人,也很容易指点着说:“这就是某某人的家了。”我所寻找的就是这个标识,然而这个标识却永远找不到了。

等我越到河堤前面,并向人探询之后,才知道已走过马家道口有里余之遥了。再等我转了回来,到得舅爷家时,已是时近下午一点的样子。连喊了几声外祖母,都没有回答。出来迎接我的却是我的舅母。问舅爷可曾在家吗，说是已经被人家雇去做短工去了。表弟呢，说是也去同舅爷做着同样的事情（这个表弟也不过十岁左右的孩子，怎能做得了什么工作呢！我当时这么想）。看了舅母脚上的白鞋，头上的白头绳，我就不再问外祖母了。庭前那棵榆树，连同那些鸟窠以及牵牛花的下落，也就可以知道了。舅母告诉我外祖母过世时的情形，说一切都靠了街坊戚友们的帮助，人家都知道舅爷是一个非常孝顺的人，平日虽然困苦，却总能使外祖母不受艰窘，故人家皆乐意输米输面。一口上好棺木，是用庭前那几棵大树换来的，并说到外祖母临危的时候很想念我，盼我在外边能早早发迹。舅母一边说着，一边落泪，还要张罗着给我预备午餐。我怎能再用得下午餐呢，说一些安慰舅母的话，就自己告辞了。

到家的次日，舅爷竟为了跑来看我而不去做工了。人是老了许多，但还是那快活样子，大声说话，大声喧笑，话说不尽，仿佛懂得天地间一切事情。说话间又谈到外祖母，谈到外祖母的病状，并说："过世了，也倒罢了，养了我这样儿子，活了一世还不是受罪一世吗？"说着也变得黯然起来。又说，假如我将来能回到故乡来做些事业，很愿意把表弟托给我照顾。"希望你表弟不再像我就好了！"最后又这么说。

"舅爷也实在衰老得可怜了呢，头发都变得白苍苍的了。"舅爷去后，我向母亲这样说。

"白了头发呀，却还是那么孩子气。"母亲带一点笑意说，"一辈子花啦鸟啦的，就是知道调皮着玩儿。你还不知道呢，人家竟能在那一头白苍苍的发辫上扎了鲜红的头绳，又戴了各色的鲜花，在外祖母的病床前跳来跳去，唱山歌儿使外祖母喜欢。人倒是一个有心肠的人，可惜命穷，也就无可如何罢了。”

银狐

孟先生是画家，孟太太也懂得些画事。

他们有同样身世，同样性情，他们在一起过着非常调和的日子。知道他们的人都常常说："他们夫妇实可谓天造地设。"当他们来这个地方寄居时，他们已都是老年了，虽然年老，却极爱漂亮洁净，这一带居民，称他们为讲体面爱清洁的人。

孟先生有一副细高身材，六十多岁年纪，而犹面色雪白，唇如施朱——说是雪白，并非极言其白，如陌生人看见那么一张白脸，真有如暗夜中见一片白雪的感觉，因为那不但雪白，且有着一种冰冷之感；说是唇如施朱，也绝非言过其实，有那么张雪白脸面，也就很自然且很容易有那么两片嘴唇了。按年龄讲，还不应满头白霜，然而这位孟先生之满头银丝却早在十余年前，说这是因为忧心所致，也不过是一种猜度罢了。

孟太太和孟先生在相貌上也有些相似，同有白脸红唇，苗条身段，大同小异处是孟太太身量较矮，头发尚未苍白，白脸上又敷白粉，红唇上又抹口红。最特殊的是孟太太两道眉毛——其实孟太太早已没有什么眉毛，不知是因病脱落，还是故意削除，所谓眉毛，只是每日盥洗时新画的两道立刀眉或曰八字眉而已。孟太太的眉毛和孟先生的白发，时常作这一带居民尤其是妇女们的话题。

孟先生居常寡言，寡言而又每显出多言样子，人谓其眷怀旧时繁华，伤时感命，因终不得志而故作沉默，也许很近情理。这位孟先生原来是个武陵公子，未及中年，已落得一贫如洗。年轻时候，最爱骑一匹铜铃佩红缰的高头白马，晴朗日子便驰骋街市，游猎林野，在家里闲散，也只是弄点笔墨，调点颜色，就算作日常功课。孟先生喜欢书画，家里原有极丰富的收藏，又曾豢养一个善画花卉、兼裱字画的老人。这位孟先生之能够画得一笔并不十分恶劣的工细彩画，也就在这份生活中得来；孟太太之能够懂得一点儿画事，则完全由耳濡目染所得。这在当时是一种打发闲日子的玩意儿，到现在却变成唯一糊口的手艺了。

孟先生孟太太虽然贫困，却能把日常生活过得极有秩序：何时洒扫，何时拂拭，每日均按部就班。故一室之内，窗明几净，绝无一点尘土气。平素也不见他们什么时候洗濯衣服，却只见他们永穿得非常洁净，不但洁净，而且鲜明，衣上折痕齐整，永如方才熨烫过一般，究竟他们什么时候把衣服洗得这样明净呢，外边人很难知道，只有和他们住在同院的人才可以窥其动静。原来他们任何事情都有一定时间，不知因为什么，恰好把洗衣服、倒痰桶、刷尿盆、倾马桶等事，都分派到了夜间。每至夜深人静时，他们才悄悄地出来活动；他们非把夜课做完之后是不能入睡的。同院的人说他们夜间行动如一对狐狸。早晨起来，当然是先理卧室然后梳洗——但这里必须重述一句：这位孟太太每次梳洗必须把剪短了的头发理得整齐光亮，而每次又必须画眉、敷粉、涂口红，风雨不误。用过早点之后，这位孟太太便开始她的胜业了。她每日上午九至十时诵观音经一次，有时候因为特别事故，如孟先生有病之类，白日不便诵经，必须于夜间补诵。但有时候夜间也不便诵经，如孟先生尚未入睡之际，便须俟孟先生入睡后补诵。孟先生也诵观音经，却只需于每礼拜诵一次就够了。据云孟太太诵经是为孟先生祈福，孟先生诵经当然也是为孟太太了。日常生活中其他大小事件，均有一定日期：如每当人家看见孟太太到理发馆去招呼理发匠时，人们一定知道这一天是某月初一，因为孟先生每月初一必在家理发；又如同院人只要听到孟太太刮锅底灰的声音——刮去锅底积灰，生火做饭时是可以省柴的——人家一定知道这一天就是礼拜天了。

他们在日常生活中既如此有条有理，他们在感情中也仿佛有一种节奏：互相体贴，互相爱护，处处均如有一种自然尺寸，能够恰到好处。孟太太身体素弱，不宜过劳，故每至生火做饭时，孟先生必争先恐后，但孟太太却认定做饭是女人的天职，坚执非自己动手不可，于是这里便生出争执来了。这种争执是很有意思的，因为结果总是两个人一齐下手。即至饭后，于是一个刷锅，一个刷碗，前跟后随，唧唧哝哝，恰如一对无猜的孩子。平素吃饭大概素食，因为这既可以省钱，且也是修福忏罪的一种方法。但假如孟先生一旦有病——不必有病，只是素食日久，因之生厌恶了——孟太太便特意换了更洁净的新衣，鸦雀无声，兀自出门，不多时便携一尾鲜鱼回来了。这时候孟先生一定带一点生气样子说道："我又不是生什么大病，不日便可痊好，又何必花钱买鱼呢！"但从不多说，三言两语也自甘休，只好等孟太太做鲜鱼来吃了。如果孟太太有病，孟先生也同样如此关切，如此恩爱。有时候——自然是很少很少的时候——他们也会为了一点小事便闹脾气，两个人也会唧哝不休，相责一番，但这类事情也总是出于善意。如孟先生出去接洽卖画的事情，为要省钱给太太买吃食物品，不寻代步而跑来跑去，归来后跑得满身汗水，不等落座便脱去了上衣。这时候孟太太也一定是生气样子，埋怨他为什么这样不怕伤风，而孟先生则一定唧哝着回答："我又不是少妇少女，怎能不让我脱脱衣服呢！"

这些年来，孟先生既以鬻画为生理，日常的重要工作当然就是作画了。孟先生喜作花卉，每一画出，可得三四元不等。有时以物易物，直接换得来生活中必需用品。每次作画，孟太太必站在一旁，理案、铺纸、调色，有时且参加些意见，说何处应着蜻蜓，何处应着蝴蝶，或什么地方必须画一对蝈蝈儿方可生趣之类。孟先生听了很喜欢，于是两个人又唧哝一阵。孟先生有一个特殊习惯，作画时必须把窗子闭起，但只要听到院子里有人走动，他一定要探出头来向外张望，把一只老花眼镜推在额上，远远望去，如一人面上有四只眼睛，屋里光线很暗，益显得孟先生脸色雪白。看了他那直视无语样子，真令人想到一只银狐。他目送着院中行人，直到那个行人已经走入后院或一径走出大门时，他才又一言不发，兀自低下头去作画。假如再有人从窗前走过，他一定照样探头张望。这事情使同院人们都很窘，无可如何，又不懂得他这是什么心理。孟先生窗前有两棵槐树，枝繁叶茂，故遮得一屋子暗黑阴沉。不知怎么灵机一动，一日，孟先生忽然向房东索来梯子，竟自攀缘树上，砍下了许多树枝。砍完之后，乃大欢喜。对孟太太大声喊道："可好了，可亮了，以后作画，定可加快一倍了。从前看不清爽，常认为是自己老眼昏花，抬头看时才知道是这两棵槐树！"孟太太常把这事告诉外人，仿佛这是一件天大的变革一样。

孟先生窗前种了许多花草：五彩棉、凤仙花、望江南、红鸡冠、茉莉花等，均孟先生素日所爱画的东西。这些花草不只是花，而且是作画的标本。但这些花草有时又不足为标本，因为天生花草总不是画中安排的事物，故孟先生常嫌它们没有画意。趁高兴时，孟先生常常对人讲起这类事情，但这里所谓人者，孟太太当然是其中之一，此外则不过是南纸店送纸取画的小伙计而已。不知什么缘分，他特别喜欢那个纸店伙计，他仿佛同他很谈得来，然亦总须趁高兴罢了。高兴时，他会把伙计领到窗前，指花点叶，说某花应如何设色，某叶应如何翻侧，怎样一钩，怎样一抹，并说：

“这儿生得太疏了，空白太多，应当添一个虫儿吧。”说着破口大笑起来。孟先生生平不大爱笑，这一笑乃令人吃惊了。

如在夏晚，孟先生的窗前也是纳凉的地方。因为他们的夜课还晚在夜深人静之后，故晚饭后这一段时间就没事可做，为了节省灯油，不能不熄灭油灯，到窗前来乘凉了。乘凉就是乘凉，故这时候他们都沉默无言，在黑暗中只见两个白脸，两把摇摇的蒲扇，而摇扇子也没有什么声息，使院中人觉得这里有些可怕的气息，甚至说这是一对狐狸正在用功修炼。他们的座位是一椅一凳，而照例坐这把椅子的是孟先生，孟太太则自拣了小凳落座。孟先生也并非安心独享这把大椅，无奈孟太太坚执太甚，以为这里的高卑之分不可随便，这很简单，大椅子总比小凳子坐起来舒服罢了。孟太太偶然也会占有这把大椅，然而那是暂时的占有，孟先生一到来必即刻起立，仍旧归到自己的小凳上。

孟先生和孟太太过着这样和乐生活，真可谓如鼓琴瑟了，然而这里却也难免鼓出悲哀调子：他们都常常闹病，而且为了刻不容松的时光，他们不能不常常想到一个更可怕的命运上去。这不是他们自己，就是住在一处和他们相熟的人也不能不如是想。他们两个太恩爱了，他们应当永久这样生活下去。万一其中有一个早早走开，余下的一个又将怎样呢？人们常这么担心着。

某年秋，孟太太因为痢疾病倒了。据医生说必须吃上好人参滋补，孟先生无可如何，只得允许给人家画一张百卉争艳图，向一个大户人家讨了人参来。孟太太平素纤弱如纸扎的一般，又怎能经得起久病。吃了人参也无效,在一个落着冷雨的晚间死去了。自从孟太太死去,孟先生便很少作画。某次有友人索画桃花,因且泣且画,竟弄得满纸泪痕,只好把桃花改涂为鸡冠花完事。孟先生原来是沉默寡言的,此后却变得多言了。一个人不能自遣时,便不得不找人闲谈,而谈话的主题却总是孟太太一人。天气冷了,他说孟太太夜里回来过,并劝他多穿衣服,因为他看见他的衣橱开了。他说他已经告诉孟太太,“你放心吧,我已经添上衣服了。”孟太太平素无甚嗜好,只有时吸几口水烟玩儿。他说他梦见孟太太来向他要水烟了,于是把水烟火媒之类拿到她的坟上去焚化。妇女们时常听了这些谈话而感动得流泪,只有少数年轻人听了会暗地发笑。

孟太太死后不到半年工夫,孟先生便搬到另一个地方去了。但没有人知道他的详细住址,也没有人知道他以后的情形,只有人于无事闲谈时还常常提到:“那两个狐狸,那两个狐狸……”

成年

半年前我得到母亲的来信，那信里用一种极其郑重的口气说道："一件顶挂心的事情，已经于最近作了决定：你的弟弟将要于 × 月 × 日举行婚礼了。不知你对于这事还有什么意见，不过事情已经定了，也就罢了，你当年曾经坚持过的那些意见，也就不必再那样固执。我同你父亲都觉得这是一件应当早些完成的事，你知道你那父亲已经是有些衰老了呢。我们还盼望你回家一趟，来帮助我们完成这件大事。"

我读过这信，仿佛自己做了对不起我那弟弟的事情一样，感到无可告诉的忧愁。我重新屈指计算，就是到得现在，我那弟弟也不过是十五岁的一个小孩子罢了。

我懂得我那弟弟也是一个天真活泼的孩子，而且也懂得了天真活泼之可爱，还只是近在七八年以来的事。我从小学到中学的许多年岁中，完全是受着一种奇怪的教育，我为那种怪教育所束缚，便养成了一种极不正当的心理。虽然以年龄论，我当时也还是个孩子，然而却早早就学着老成，并听了那些懂得天下大道理的教师的指导，总以为必须在视听言动诸方面做得规规矩矩，而且只有那样才能成为所谓“圣人”似的。那种傻气，现在想起来实在是觉得好笑。但是我深深地受了那种教育的熏陶，又因为那些年间我过着家庭生活的日子比较多些，于是就用了我亲身受过的那种教育，再去向我那小弟弟身上作着实习。我拿我那弟弟也当作一个大人，而自己则是以一种所谓“圣人”的态度，时常用一些莫名其妙的言语去呵斥他，就是不惜动了武力，使那小小身体上受着一些痛楚，想去纠正他一些不应纠正的动作，也是曾经有过的事情。关于玩具，关于游戏，关于饮食言语，等等，我在我那小弟弟身上发出的那些无理性的恼怒，现在还给我留下了永不可赎的忏悔。就如在《悲哀的玩具》中所写的，像我那勤苦的父亲曾经对我做过的，不许小孩子养一只麻雀，竟忍心把鸟笼子给踏破，并把那小鸟给抛到屋顶上去的一类事情，我也不是不曾对我那小弟弟做过。现在让我再想起这些,我简直就要落下泪来。而且，假如我那弟弟就在我的眼前，我是一定会拍着他的肩，抚弄着他的头顶,很和善地说道:“好弟弟,你可还记得那些旧事吗?假如不曾忘记，就请你给我最宽大的饶恕吧！”

像那样颇近于悲惨的情形，大约继续到三四年之久吧，以后的日子，我就几乎整整地度在外边，虽然也偶尔回家，也只能趁放假的期间，而能在家停留的日子又是非常短少的，等到我自己的思想已渐渐变化过来，我自己的生命已渐渐复活了过来时，我那弟弟也仿佛已跳出了旧日的羁绊，他也渐渐地活泼起来了。每当我回到家中，看见我那弟弟也是一个天真活泼的孩子，我也觉得喜欢，而且在家庭中成了我唯一的好伴侣。他帮助我度过了那短少的、而事实上却觉得是长长的、家居的苦闷日子。那在我的课程中，是已经翻到了“儿童的发现”一章，而同时也就是“人的发现”吧，从那时候起，我才知道自己应当如何做一个坚实硬朗的有生气的人，并如何同样地帮助别人去做。就是到得现在，可以作为那一时期的纪念的东西，也还可以找得出来的，那是一本用一种极不规则的字体写成的书册，那里所记载的并非什么了不起的东西，却尽是我那小弟弟的言语，那些言语都是在快乐的时候很不经意地说出，却被我很随便地记了下来，而且题之曰《孩子的诗》。我还记得我那志在学为“圣人”的时期，我的工夫仿佛在抄写圣贤语录方面颇费去了不少，那也正好和我那《孩子的诗》作为一个对照了。那本题作《孩子的诗》的东西，现在可是收藏到什么地方去了呢？也许就在我丢在家中的那个书箱中吧，提起来倒是非常想念了。就此刻的记忆所及，我仿佛还记得其中有这样的句子：

春暖花开的时节，
到处是活活的流水呀。

天的青啊，
草的绿啊，

就向那青的绿的中间吧，

我就要飞去了。

也许是无论如何我已记不起那些孩子的口吻，还有我那故乡的孩子们所特有的字音，而且也许我的心情已经变得很差了吧，这里所想起的总觉得不是那时的东西了。那时候我曾经把我那《孩子的诗》给一个朋友看，那朋友说道："孩子的诗吗，就是孩子的诗，也须是用了工夫作成才行啊！"可是我认为那就是诗了，我认为我那弟弟就是一个诗人，而且觉得一切孩子都是诗人了。

我那活泼可爱的小弟弟，不但陪我度过了不少好日子，使我得到了一些快乐，而且，使我那寂寞的家庭中也十分热闹。我那辛苦终年的父亲得有时间忘记一些生活上的忧愁，并时常有欢笑的颜色照在脸上，大半都是我那弟弟的功劳。做儿女的应是父母的心爱的玩具这意思，我是常常有的。当着还不曾有我那弟弟的时候，我是我父母的唯一的玩具，但是不是因为我那生来就带着的忧郁性情，以及我的奇怪教育所生的效力，而使得我变成了一个极不可爱的玩具呢？我不大知道。然而无论怎样，家庭里多一个生物，即如一个小狗或小猫，也总是有些生气。每当我的假期完结，我必须起始到学校中去过颇长的日月时，我心里便自然地想道："我自己尽管到学校中去快活，我那父亲母亲岂不就要落得非常冷落吗？"尤其是当我那父母送我出门时，或者我那辛苦的父亲独自赶了一辆牛车去送我上路，且当离别时看见了父亲独自转去，渐渐消失了的那背影时，我这种感觉就益发地深切，自己丝毫不能抑制自己的感情，竟会簌簌地落下泪来了。但是自从有了那个弟弟，自从那个弟弟长大了起来，而且能使我那父母得到欢喜时，我想，这就好了，我不必再那么担心家庭间的寂寞了。

近些年来，我几乎完全把日子度在外边，又因为家里没有人能给我写信，我自己也就懒得写信，家乡的事情可以说是有些生疏了。我忽然接到母亲的来信，而且说是我那弟弟就要结婚了，我乃感到了不安，我那弟弟也还只是一个孩子啊，为什么就要结婚呢？

对于父母的用心，我也可以猜得出大半的。作为长子的我，年复一年地在外作客，仿佛将要永久不再归乡似的，自然使他们非常担心。在他们的眼中，也许就以为这个儿子是不会有什么用处也未可知。但是对于那个尚未长起翅膀来的小儿子却是有把握的，盼之愈切则操之愈急，而且上些年纪的人总希望把自己分内应管的事都及早完成起来，至于希望能早些抱孙孙的念头也当然有，何况在我们的乡下原是有着早婚的陋习呢。盼望我那个弟弟能继续读书，而且也能到外边来求学的话，我是早已提过的；这个我当然知道是难被允许。我那做农夫的父亲总是觉得农业是一切的根本，家里世世为农，也就只希望家里能继续出些身体强健能耐劳吃苦的人，能够保守几亩薄田，安本分，不求人，就算是心满意足了。像我自己这样子，实在可以说是近于不守家法的人，违背了环境，违背了父母的命令，单单凭了自己挣扎得起来，也是出乎他们意料的事，其实也是出乎我自己意料的事。他们对于我的不满意是当然的，然而也无可如何，我的过失也只是不能老守田园罢了。然而我的过失却给了他们以教益，他们认为因为允许一个儿子自由去碰运气，竟然被运气拉走了，于是便有了提防，无论如何，也不能再让第二个儿子逃走了，唯一的方法是不让他继续读书，而早早结婚也是方法之一。可巧我那弟弟又生得极其强壮，简直有些粗悍，绝不像我这样柔弱无能，被父亲骂作“不能吃苦的东西”。他有着那样宜于为农的好体格，而且又极其勤谨顺从，只在一个本村的初级小学完成了三年的功课，便被送到一个更大的学校学习去了：他学着田间的一切工作，他留心家庭间的一切琐事，除却他的力气所办不到的，凡农家的轻易工作他都可以动手。他赢得了父母的欢喜，同时也赢到了乡里的称赞，虽然才是十几岁的一个孩子，他的命运便被注定为一个很好的小农夫了。我对于作农是绝不反对，而且我也并不是不喜欢农事，不过我觉得那样小小的一个孩子便已如此总是不应该的，而且当我想到那样小小的年纪便受着那么多的艰苦时，我心里觉得不忍。

虽然我那弟弟已经在农事上受着训练，但他那份天真活泼却还是存在的。中间我曾经回家一次，在最短促的日子中，我还从他那天真活泼得到一些快乐。那么结婚之后又将怎样呢？结婚这件事，在一个小孩子是有如何的感觉呢？几乎是专为了要去看看我那婚后的弟弟似的，我于最近又回家一次。

我刚一走近自家的大门时，我还希望像往年我回来时一样：只要我招呼一声：“娘，我回来了。”第一个跑出来的一定是我那弟弟，他会用一种狂欢的样子迎接我，然后把我拉拉扯扯地迎到家里，并向我说着种种疯话，逗得一家人欢笑。然而今次不然，那出来迎接我的虽然还是我的弟弟，然而他已经不是我那天真活泼的弟弟了，他只向我说一声：“来了吗，哥哥。”接了我的行李走回家去，便不再说些什么，又加上那只久别相忘的家犬的狂吠，我简直觉得不是回家，实在并没有什么“归”的意味了。我那父亲母亲都已显得非常衰老，这个却使我非常感动，我茫然良久，不曾有什么言语和动作。

当我休息过片刻，有一个不相识的少年妇人走来看我，也同样说一声：“来了吗，哥哥。”那当然就是家中新添的一员，是我的弟妇了。当那个新人到来时，不知于什么时候我那弟弟却早已逃走了；但当那新人退去时我那弟弟却又以一种局促不展的神气走回来。刚刚到家的这半小时内，我已为我那弟弟感到了悲悯。即在以后的一切行动里，也都使我有同样的感觉。他已经完全变成一个“成人”了，虽然他的年龄距成人还有不少距离。他动作规规矩矩，他说话正正经经，而且无论言行都显得迟缓无力。他常是显得有些沉默，一种忧郁的氛围笼罩着他，使他永没有眉开眼笑。做小孩子时候总喜欢偎在母亲身旁，或者永不离开母亲的房间，然而他现在不找母亲，也不待在母亲的房里。当然，他更不到他自己应当占有的那间房子去，而对于那个简直毫无关系、而又不得不同睡在一张床上的女人，是有意地回避着。他仿佛心里永怀着一个念头：“我已经结婚，我已是丈夫，我已经是大人了！”他在家庭中简直变成了孤立的，这叫我感到他有些可悯。而在他的举动言行之间，仿佛就是当年我那份奇怪教育所视为应当的那样，更令我感到不快。

我在家里住了短短的几日，我就不曾得到同我那弟弟十分接近。他比起在家里的时间，倒还是在大门外边的时候居多，然而在大门外边他也并不像从前那样爱说爱笑，爱参加种种热闹。他的忧郁使我也受到传染，我觉得在家庭间并没有什么可作为处，我求得父母的同意，我又走开。

我离家不久，就又接到母亲的来信，母亲向我诉苦，说我那弟弟和他的媳妇很不和睦，所以弄得家庭间也失了快乐。并说我那弟弟无论如何也不愿住在家里，他一心要到一个高等小学去投考，而那个小学是离家颇远的地方。

又隔了许多日子，我就得到了我那弟弟的来信，真是出乎我的意料，虽然那字体一点也不见得秀整，然而那文字却颇能表达他的意思。他说他已经升入了高等小学，虽然荒疏一些，却还可以及格。他并不常常回家，他说他简直不愿意回家。最后他竟用一种小孩子的口吻，非常热切而且可怜地向我要求道：“哥哥，你告诉我外边是什么样子，说给我一些新鲜的故事吧，我也很愿到外边去看看呢！”

雀蓑记

雀蓑是一种植物，我的乡里人称作“家晨子蓑衣”，家晨子就是麻雀，雀蓑乃是我特用的简称。

说起来不免惭愧，我从前学过的几本植物学竟是丝毫不能应用，我还不能说出雀蓑的学名，更不能指出它是属于何门何类。我也曾请教过研究植物学的先生，也曾经乱翻过植物学辞典之类的书籍，然而结果都是徒然，毫无所得。不得已，我要来证明这种不见经传的植物，就只得靠我当年实见实闻的一点知识了。

雀蓑是一年生草，大概夏初始生，到秋后还不尽枯死，因为当秋天的晚禾杀去时，还有些雀蓑正在田野间红得好看呢。叶小如鼠耳，枝蔓细细如丝，盘络如网，棵团团大如碗口，平铺地上，这大概也正是可以名之曰蓑衣的原因了。花实都不甚显著，何种颜色，并何时开谢成熟，都不得而知，只约于夏秋之际，见枝叶间有微细如芥子的小球。枝叶的颜色总可以说是绿的吧，然而也不一定，因为有时变红，有时变紫，或红或紫，然总以青绿为地，匀淡之红紫为渲染，秋光愈老，则渲染愈深，风露所摧，生命已促，大概天寒风急北雁南飞的时节，雀蓑也与众草同腐，被犁头耕到冷土里去了。

平日和朋友讲笑话，我常说我这个人最是狭隘，我也许一生奔波在外，但落叶归根，我大概终须把我这父母之躯体归葬于父母的乡土，纵不得如此，我也难免把此生了结于一个怀乡的念头里吧。实在，我对于故乡的事情最不能忘怀，那里的风景人物，风俗人情，固然使我时怀恋念，就是一草一木，也仿佛都系住了我的灵魂。前面所说的雀蓑，也就是我所喜欢的乡土草木之一了。

某年秋天，我同朋友偕游于一座名山之阳。将近黄昏时候，我们在一片阴郁的松林下散步。凉爽的秋风，使人心清明，脚步跟随着自己忽隐忽现的影子，仿佛忆起了什么值得惆怅的事情："唉，奇怪呀，什么风会把我吹到了这个地方呢？"这么一句问话，不假思索地脱口而出了。于是仰而叹，俯而思，仿佛受了一惊，又好像得了一喜似的，我忽然向我的同行者喊道："你看你看，这地方也生着雀蓑呀！"脚下的雀蓑，被行人践踏得零零星星，然而究竟是时光到了，琐细的圆叶上也渲染上了匀淡的红紫，为暗淡的秋阳所照射，又为苍苍的松阴所掩映，越显得雀蓑的凄艳了。我偶然见了这在家乡最多而在外面却少见的雀蓑，我乃向我的朋友说出了关于雀蓑的故事：

"雀蓑是一种有用的野草。小时候住在乡下，常见许多贫妇女，相邀着到野地里去采雀蓑。她们把雀蓑采得满筐满篓，回到家来，再放在石臼里捣碎。可惜这件工作我已记得不甚清楚，不知是把白布也捣在雀蓑里面呢，还是把白布只浸在由雀蓑捣出的水汁里，总之，经过这么一层手续，白布就染成青色了，而且用这方法染就的青色最不易褪落，较之花了钱叫染布店给染的好得多。如能把已经染青的布匹再浸在水塘的紫泥中染一次，则色泽更显得深厚而雅重。这件事情固然很使我感到有趣，而我与雀蓑的因缘，却不止此。

“我是一个贫苦农家的孩子，这你是早已知道的（我继续对我的朋友说）。我父亲是一个辛苦的农夫，从我七八岁时，他就督促我到田间去工作。我当然不能担任什么重大的事情，我只是跟在父亲后面拔除杂草罢了。然而这已是多么不如意的执事啊。本来是无病无恙的，但只要到田垄间一蹲，便觉得头昏眼花起来，不知道的恐怕要责备我说谎偷懒，然而我的头昏眼花却是千真万确的。所以一等到父亲看不见我，我便自己跑到另一个僻静地方玩去了，仰视着蓝天痴想，呆望着白云的飘动，到大树荫下寻野草野花，看飞蠓成阵，蚂蚁搬家，常常忘记自己是身在何处，父亲派给的那一份工作，当然不愿去想，更不敢去想了。就是在最短时间的拔草工作中，我又常存着一种奇怪思想：我觉得有些小草也是怪可爱的，纵然知道碍着田禾的生长，也不忍把它们拔去，如木笔、蒲公英之类都是的，而被我保留了最多的还是雀蓑。雀蓑这种东西，本来生在田禾间的也并不多，因为这本是一种荒地的野草，但当我每次遇见时，我就不忍毅然地拔除。这原因还不在于它有染布的用途，也不仅在于那种好看的颜色，而最重要的就在于它是雀蓑，是麻雀的蓑衣。我总爱想象，当绵绵细雨的天气，小麻雀们是要到雀蓑下面来避雨的，那也正如在田间工作着的农人们，披了蓑衣在大树下面避雨一样，假如是倾盆大雨，自然是归家的归家，归巢的归巢了。这是多么有趣的事情啊，假如我能看见麻雀在蓑衣下避雨就好了，然而可惜，我至今还不曾见过，就只是给自己留下了这么一种爱好。所以今天我看见雀蓑觉得亲热极了。

“我的故事还不曾说完（我继续对我的朋友说）。现在让我来重温这些旧梦，却更觉得稀奇，而这点稀奇却也更添了一点可哀的颜色。你想，像我小时候那种性情，假如我也做一世农人，不知将有如何结局，然而我的命运是曾经派定我做一世农人的，直到我十七八岁时,我的无力的手还在那种命运的掌握中把持着；可是我到底又挣脱了。从此推演下来，有一时我曾经被派定做一个木匠，因为我的作为农人的父亲也是一个很好的木匠；又一时我又曾被派定做一个商人，因为我有几个亲戚都是做买卖的，当时曾经做了崭新的蓝布大褂，并且已经试过新衣，说是马上就预备去上工的那种情形，现在也还记得；然而我又从这里挣脱了。挣脱了也不一定是什么好事，但从此以后，我便很少有回到故乡的机会，而且又不知被什么风刮到了这座山下来。”

我的故事讲完了，我的朋友却抢着说道：“好哇，这不是一段很好的文章材料吗？何不就把这写了出来？”我听了这话扫兴极了，我不愿说出这扫兴的原因，却自己在心里打算道：不要另写什么关于雀蓑的文章，只用雀蓑来给我作一种文章的记号也是可以的，于是决定了“雀蓑记”一个书名。

也许有人要问：到底雀蓑与这本书有什么关系呢？我本来可以说并无关系的，但我又想说出三分理由，虽然这三分理由本是“无理占三分”的三分。除却上面说过的关于雀蓑的种种外，我还保留了一点未曾说出，那便是一点模糊的感觉：我觉得雀蓑的名字与形状，都给我一种“琐杂”的感觉，而恰巧我这本小书里的文章也非常琐杂，所以也成为一种勉强的理由了。那么既然如此琐杂，为什么还要把它们同放在一本书里呢？我可以回答：只因为这些文章都是我自己的。

树

我们卜居于一个新鲜地方。

说是新鲜，实在又觉得熟悉，因为那地方很像我幼年时代的常至之所，于是心里想道："这乃是故国神游了。"于是感到了一些气馁。左面一座古寺，那些殿堂的角落里还可以听到娇嫩的欢笑声吧，我就使脚步静下来倾耳静听着。不听时倒还听见，要听起来却又寂然无闻，只有风声从檐下掠过，有铁马在殿角丁零作响罢了。北面是一处高台，台上一座古屋，我说这应是一座禅堂，然而这就是我们卜居的地方。莫知所以地喜欢这地方，却也并不问这古屋内什么陈设，其他两面都是旷野固已可喜，而最觉可意的还是台下面一曲清水，水中绿藻银鳞，清楚可数。"只要有流水的地方就是好的。"我是这样想。但这里实在还有美中不足的地方：我爱树，而我的新居的周围竟没有一棵树。

我爱一切树，不管是常绿的或落叶的，我就最喜欢种树这个意思。午荫清圆如一把伞，我愿做种树人，也愿做一个行人到树下来歇脚乘凉。祖祖种树，孙孙得果，我愿做种树的祖祖，也愿做吃果子的孙孙。“榆柳荫后檐，桃李罗堂前”，也是我最喜欢的境界。然而我这古屋的周围竟无一点绿。

我想种树。我更盼望有远方的游鸟，从异域带来嘉树的种子，当它正飞过我的新居时，把种子遗落地上，这种子将得风的培覆，雨露的滋润，而生长，而繁茂，而罩我一地清荫。然而奇怪呀，这又是奇迹，仿佛——

“神说：要有光，就有了光。”

我说：要有树，就有树了。实在我还不知道我的树是怎么生长的，我的古屋的周围已是疏疏落落地有树成林了。

我们并不言语，也不惊喜，只是以和平的微笑望着树的生长。

树是继续生长着的，我们仿佛听到了树叶的开展声。我们不知道树的名字，也不知道将结出什么花果，只见树干不高，恰好达到窗檐，株似梧桐，叶似蝴蝶，作秋末霜叶色。然而那是鲜嫩的带着细细茸毛的。我愿意这些树发展到这样子便停止，它们将永久把初春留在枝头。

当我刚要开口说出赞美与感谢的时候，一切都退隐入迷离的梦中。

通草花

早春花少，蜜蜂要采蜜，必须飞到较远的地方。新出房的蜜蜂是有些晕眩的，而且已忘记了旧时的花路。一只非常明洁的蜜蜂飞到我的案头，嗡嗡地唱着，就在花瓶中的花朵上工作起来了。

“呀，这鲜花生得真妙呵，像这等颜色真是少见呢！”前些天，一个年轻人走来，看了我的花竟这样稀罕起来，我觉得这个人真是幸福的了。对于一见了我的花便说“这是假的”，而且还贪婪地将花朵触到鼻端，要试试有无花香的那另一女人，我却觉得她是可悯的了。

我感谢那个赠我以好花并花瓶的人，使我的案头添一些颜色。但我又不能不为了赠花人而觉得悲哀，花还在案头开着，而且将永久开着，赠花人却已经谢世了。

那还只是去年秋天的事情呢：赠花人远远从一个古城中归来，说道：“哪，还有什么可意的东西好赠呢，觉得这通草花倒还可爱——这是旧时代的好饰物，如今却是过时的了，造花人的生意也都渐渐衰落了。但因为知道你欢喜这个，便送了这个来，而且还配来这么一个瓷瓶儿。”把花束插在花瓶里，把花瓶放在书案上，又用了洁白的手指指点着花瓶告诉我道，“你看啊，你可喜欢这瓶上的图画吗？我想你一定会喜欢，于是就买了这花瓶来，因为我当时想起一个诗人的诗句道：‘世上的音乐是暂时的，画中的音乐是永久的，它永久与人以幸福。’”说罢，用清脆的声音笑了起来，并说起我原是喜欢那个短命诗人的。原来那白瓷瓶上画着两个绰约的少女，一个弄箫，一个歌舞，确是画得极好的图画呢，就仿佛从那画中人听出一支快乐的歌曲来了。

我接受了赠花人的礼物，我默默地致了我的谢意，我说：“这些都很好，我简直闻到了这通草花的清芬，而且还听到那画中人的歌曲了呢，而且这些将是永久如此的呀。”

从此以后，我就不曾再见过那赠花人，而且也永不能再见了，但愿上帝能赐福那个美丽的灵魂。

那瓶中的花究竟是真的呢，还是假的呢？那画中人的歌曲可还继续演奏着吗，还是根本就不曾发过声音呢？到得现在，就连我自己也不能清楚地解答这些问题了。而且在永久的和暂时的两个世界之间，我也不知道应当把握哪一个了。

蜜蜂先生，你该是我家的一个远门亲戚吧？你的嗅觉可还存在吗？我听得那初出房的蜜蜂的嗡嗡声，看它在通草花蕊上用力工作，觉得无可如何。

影子

当我在这山城的街上行走时，我忽然发现“我自己”了，这是一件多么奇怪的事呵。

我为什么会跑到这座山城中来的呢？这个几乎连我自己也成了一个糊涂问题了。这小小的山城是紧紧地坐落在一座名山之下的，而这座山是被历代的功业家所景仰，为千古的诗人所歌咏过的了。我受了一个无名的诱惑，我跑到了这个地方，我说我是要来看山的，是要来登上那山之绝顶的，然而我来到了这里，我却又不想登那座山了。在空想与梦幻中景慕了很久的这所谓名山，看见了却也不过如此，万一登到上边望尽了一切，岂不将是一回寂寞的事情吗，这样想着，便绝没有再去登山的念头。就是对于那海，那仿佛是我的故乡，仿佛那里有极可怀念的物事似的，对它害了多年相思的大海，也还不曾去航行过，岂不也是一样的道理吗？不单对于山，也不单对于海，仿佛对于一切都存了一种空虚之感的，是永久在这人间跑着的我。我好像是为了寻求什么新奇的，或者什么实在的物事似的，这样到处流荡，于是又来到了这座山城。不管我所寻求的是什么物事，若说是故意要寻求“自己”的人是不会有吧，然而我竟在这里找到了“我自己”。

我正在街上走着，我看见从对面走来一个少年。说是一个少年，还不如说是一个孩子更为妥帖，因为那个人实在是太有些孩气了，这种孩气却并非天真的或赤诚的，而是一种一望见便令人感到的，颇难言喻的一种，我想，那也许就是一种无知的，或者愚昧的表现吧。当然，使我一见便感到奇怪的，并非那个青年的体格，也并非他的服装，因为他的体格与服装也正与一般人的无甚异样；只有他那一副面孔，那面孔太使我感到厌恶了，我觉得那就是我自己的面孔，我如在一面高大的镜子面前，因为看见了自己的影子而停住了脚步。

我站在那个高大的镜子面前，凝视着，等待那个“我自己”的走近。我看见“我自己”用一种极不可意的姿势，迈着笨重的步子，而那一双眼睛也仿佛正望着我的脸面，于是我乃有一种恐怖。我觉得他确是愈走愈近，而且就要来到我的面前，假如还继续这么走来，岂不就要两个合成一个了吗，我这样想着，就觉得更惶惑了起来，而正当这么惶惑着时，我觉得我的眼睛一闪，那个少年的形体已经不见了。我却还是在那里凝视着，好像被一种魔术吸住了似的，仰着脸，向着街市的远方，向着远方的蓝天，而那个少年的面影却又描画在那远方的蓝色天空中了。而且那脸上还做出一点微笑，仿佛用亲昵的声音说道：“我的最知己的朋友，请你来！请你来！”

我为街市上的行人所拥挤，几乎被轧碎在车轮下时，我才如恶梦初醒一般，怀着满腔迷惘向前走去。但是我将向什么地方走去呢？我乃真如一个丧失了自己的人，一个没有灵魂的躯壳一般，我将不知所归了。我一面走着，一面暗暗地想道：这真是怪事呵，我自己不知道自己是什么，今天却在这里发现了，而且自从发现的那一刻，我就深刻地厌恶着那个“我自己”，就简直很想捉住“我自己”，重重地给他一番惩罚呢。我这样反复地想着，走向我已经住过两夜的小店去。

我当然没有一面镜子，我若有一面镜子就好了。小时候在母亲的怀抱中是见过镜子的，然而那在镜子里所见到的却并不以为是自己，只是觉得那么好玩的一个影子罢了，自己同镜子里的那个孩子开着玩笑，会无端地欢笑，也会无端地啼哭。长大以后我到处流转，我也曾见过不少的镜子，那是我在炎天之下行得口渴舌涩，来到清冽的水边取饮时所见的，虽然在那些镜子里所见的自己是有些糊涂的。再没有像今次这样，在那面高大的镜子里面所见的“自己”更为清楚的了，因为是最清楚的缘故，我乃极其惶惑，我不知为什么就会那么深切地讨厌着那个“自己”了。至于说是就到泉边去吧，到泉边去吧，去照照自己是否那个讨厌样子的念头，也不是没有。然而同时又分明地知道那是丝毫也不会错误的事情，难道对于自己的认识还会有错误的吗？这样自己劝服着，就不再有什么疑惑了。于是只任着自己的意思，在那污秽的土墙上，在那糊着灰纸的窗户上，在桌面上，在行囊上，用了想象，在描画着那个“自己”的影子了。那究竟算是怎样的一张脸相吧，却也极其难说，总之是属于我们这一种族的顶不可爱的脸相呢。特别是那双小而无光的眼睛，不然；或者特别是那有些冷笑意味的两角微微下垂的嘴，也不然；这总是浑然一体的不可分析的东西吧，若用了自己的感觉来说明那脸，那也许就是可以做出种种自私自利，愚而骄诈，以及一切不光明不坚实的事情来的一种脸吧，依我的主观的判断，总觉得有着这样脸相的人，是永不会长进，永不会有多大用处的，令人感到一种莫可名状的悲哀。

我将用什么方法处置我那个“自己”呢？我将怎样去发泄我的厌恶呢？像那样的人活在这世上实在无益，还不如破灭了的更较好些吧？这些念头在我的脑子里萦绕着，使我不能安睡，及至绞得脑子困乏已极，我才得糊里糊涂地睡去之后，却又在睡梦中遇到了极不快意的事情。

我仿佛在一个稍稍熟悉的街市上走着，我也不知道我是去干什么，忽然我听到有喧嚷声从什么地方传来，我循着那声音走去，我走到一个广场上，那里有层层的人拥挤着。仿佛在参加什么热闹，或者正参观什么热闹。我为好奇心所驱使，居然挤到那人疙瘩的核心去了。刚刚钻入核心便使我惊得发呆，我几乎想立刻逃走，然而又不能逃走，而且我也觉得我不应当逃走，因为那个作为人疙瘩的核心的不是别人，却正是那个少年，就是那个“我自己”，他正在那里被人围困着。也不知究竟是做出了什么不当做的事件，他已经被好多不相干的人殴打了一番，而且还正在那里殴打着。向周围看时，我知道那些人也并非完全生疏，其中也不无相识相知的人。然而最使我惊奇的却还是那个“我自己”，他受着人们的欺侮，然而那受欺侮的仿佛并非他自己，因为他并不怎么挣扎，当然更不想反攻，只是眼里噙着泪珠，而口角上却还显出那种自然的冷嘲的微笑。我心里非常焦急，我不知道我应当怎样，我厌恨那个“我自己”，然而他被人家欺辱了也引不起我的同情。我正在这样踌躇时,我忽然觉得恐怖起来,因为那个“我自己”已经注意到了我的所在，他好像就要起来了，而且要走来，莫不是又要来和我并作一个吧，我这样惊恐着，好像受了一击似的，我猛然醒来了。我心里还在跳着，我觉得有一种迷惘的悲哀，我仿佛受了极大的屈辱。

“去寻找我自己！”当起床时我这么想。我匆匆地起来，也不曾仔细梳洗，我走出小店，走上街市，我仿佛还要寻出梦中那个广场似的，到处乱转，而我自己也正如一个梦中人，如一个游魂，在这生疏的小城中徜徉。我立志要寻到那个“我自己”，虽然我也不知道假如我早就寻到了，我将在那个“我自己”身上有什么行为。我怀着忧郁，怀着厌恨，在这山城中转了一日，又转一日，然而到底不曾找到那个“我自己”。

最后，我离开了这个山城，为了厌恨，我希望到别的地方能找到那个“我自己”。临去时，我对着小城上的高山投了一瞥，发出一声叹息,有一个很美的境界永被我留在那高入云际的山顶。

路

工友送来一张纸条，说有两个自称为学生的来访我。纸条上明明写着两个人名：一个是万华清，另一个是展鸿图。我细看了两个名字后仍觉得茫茫然，万华清倒还熟识，且曾于一年前见过一面，那时他正在一个小县城中做一个小学教员，至于展鸿图则完全陌生，更不敢相信我曾有这么一个学生，然而我是很喜欢接见一些少年人的，无论是直接关系，或间接关系，甚至毫无关系而只指着我的名字来闲谈的，我都很诚恳地接待。我喜欢听一些少年人的倾诉：关于他们的快乐，关于他们的悲哀，或关于他们的梦想，他们是常常告诉我许多绮丽梦想的。他们大半是初入社会的新战士，他们几乎满身是创伤，然而他们又满心是花朵。他们常使我照见我的过去，或许是多少成年人的过去，并使我看见摆在一般少年人眼前的多少不同的道路。譬如万华清君，我一看见这个名字，立刻就想象出一副忧郁苍白的面孔来，因为他总是为了自己的出路问题而愁苦着。今次见面，我倒希望能看见他脸上有些快乐的颜色，而那位完全陌生的展鸿图君，我却在想象中替他担了一场忧心，我唯恐他也是一个为了出路问题而方在愁苦着的少年人。等到工友把万、展两君请到我的书斋中时，我才知道我的猜测是完全错误的。

万华清君的面色先使我感到不安。较之一年之前，他现在更显得苍白，更显得憔悴了，而且也更多了愁惨。他那一双多思的眼睛变得更大了些，高起的颧骨也更高了些，二十岁的人已生了颇浓密的胡髭，蓬松的头发好像已有三月不曾修剪，那不是黑色，也不是黄色，却是为尘垢所污而变为灰褐色的了。当一年以前我们相遇时，不必问他，我就猜出他是一个小学教员，现在也不必再问，我就看出他大概已经不是什么小学教员了，他的衣履都已经失了作为一个小学教师应有的整齐与清洁了，虽然他的简单朴素却是较前尤甚。

“你是从哪里来呢？”我问万君。

“从家乡来。”他谦逊地答。

“你现在做什么事呢？”我又问。

“我已经失业很久了。”

很明白地，当他迟迟回答我这话时，他显得局促不安起来。我一时之间也找不出什么话来可以继续，我也感到了不安，而且也感到一些抱歉的意思，只是不能说出。我转过头来招呼那位陌生的来客，他当然就是展鸿图君了。

“展君大概是华清的同乡吧？”我这句问话尚未说完时，展君就很恭敬地站起来了，他以一种非常练达的态度，从容不迫地说道：

“先生已经不认得我了，算起来已经是三四年的光景啦，和先生分别后就不曾再见过。我是 × 县小学第十八班的学生，我到校不久，先生就离开了 × 县，所以跟先生上课的日子并不久哩。”

我这才恍然大悟，怪不得他自称为我的学生了。我搜索我的记忆，才渐渐地对于这个少年人的面孔觉得有些熟悉，而且“展鸿图”这个名字，也渐渐觉得并不完全陌生了。

比较起万华清来，展鸿图却完全不同，他们两人可以说正好作了对比。

展鸿图的年纪也在二十岁左右吧，却很难断定，因为从他的面色看来，还似一个十七八岁的孩子，坚实而红润，在物质上，一样地在精神上，仿佛都得了很适当的营养；而在他的表情上，或者说在他的举止上，却又显得是一个二十岁以上的人了，那仿佛是为了某种必须的条件，他学得稳重了一些，学得练达了一些，虽然仍不能完全脱掉一个少年人的稚气。至于他的衣履呢，虽然不曾令人看出有故意打扮得整齐漂亮的意思，却又决不能令人看出讨厌的地方，我只能说他的整洁漂亮是一种自然而然的结果。而且觉得这个少年人正在一种很好的运途中，而他的前途还正光明而远大，但我始终还不能猜定他的职业是什么。

“你呢，展君，大概早已离开学校了吧？”我问展君。

“学校的大门早在我的面前关住了。”展君带着豁朗的笑容回答。“小学毕业之后，就有两条岔路摆在我的前边，家庭方面呢，因为经济困难，而且又需要助手在田间做活，便愿我抛开书本去锄地；我自己呢，却依然做着另一种迷梦，只认为小学毕业之后应当升入中学，中学毕业之后应当升入大学，而且当时看见许多同学都争着升学，就是为了一时的兴致，为了要同别人一样，便决定升学，至于为什么必须升学，将来一步一步毕业之后又将如何，当时是一点也想不到的。所以我就糊里糊涂地升入一个省立中学去了。”

“那么你一定是由中学毕业回来了？”我因为听了展君的谈吐而觉得有趣，不等他把话说完就插嘴发问。

“哪里能够毕业呢！如果已经毕业，我现在就不干这一行了。”他仿佛很惋惜自己似的急忙回答。“到底是为了经济困难，而且说实在些，更为了自己的天资不近于研究学问，不到一年工夫，我就毅然决然地退学了。这次退学，倒不像升学时那样糊涂，是自己很确切地打算过的：一则觉得太累苦了家庭，对不住父兄，如不再读书而做些别的事业，反倒可以帮助困苦的家庭；再则自己认清了自己，也许做点别的小事业比读书的结果还更好些，总之，我说一句实在话吧，我当时是忽然明白了一种道理：就是一切事业都一样可贵，一样的有所作为，并不限于读书一种；读书，也只是一种准备罢了，何况像许多青年人只知一味地升学升学，累坏了家庭，还糟践了自己。不过，哈哈哈……”

他不曾把话直爽地说出，却用了高大的声音哈哈大笑起来了。我很懂得他发笑的原因，果然不出我的预料，他的辩解紧接着就来了。

“哈哈，不过也不能一概而论，读书上进，自然也有好的，譬如先生你——”

下面的话又被他的笑声打断了。

当展鸿图君这样连珠似的谈论之际，那位万华清君是依然沉默着，忧郁着，当然，他对于展君的事情是明白的，所以也并不像我那样特别感兴趣。他有时也装出一些笑意，然而那笑容底下却明明地藏着一种难言的苦痛。至于我对于展君的议论感兴趣的原因，也并非只是为了好奇，实在是我近来也正有着像展君所说的那种感想了。我离开了大学之后，到这个中学来做教师，已有一年半的光景，这学校中有五百个少年朋友，我差不多已经知道其中有三百个小朋友在演着悲剧了。这些少年朋友的家庭多半是困苦的，有些父兄是勤俭刻苦的农人，有些是劳碌如牛马的工人，还有些则是典卖产业，或高筑债台，才能来供给这些少年人的学费。这些做父兄的当然还想不到现代的社会制度或教育制度诸问题上去，顶可怜的，却是他们还有一种类似的迷信，他们总以为他们的儿子毕业之后立刻就可以有很好的事情可做，或者更明确些说，他们还希望他们的儿子会做官发财呢。至于这些少年人本身呢，他们当然是哭着叫着地要升学，要读书，然而他们在学校中却为周考、月考、季考、年考、毕业考、会考、升学考以及其他种种难关所逼迫，学业失败还在其次，最可惜的是早已把身体弄得失了健康，当然更谈不到活泼的精神了。我眼见有多少十七八岁的孩子都垂头丧气，害得神经衰弱症，他们就连到操场上打球的时间也没有，虽然学校明明定有运动时间，然而他们仍旧把运动时间用在了读书上，但是这样的结果在功课方面却还不一定是胜利。每到暑假年假，常见多少学生偷偷伏在案上涕泣，我心里觉得悲痛极了。我明明知道，在这几百少年人中，有多少人是可以做很好的农夫，有多少人是可以做很好的工人，更有多少人可以去做好军人、好商人、好邮差、好警察、好办事员，以及其他一些同样重要，同样有意义的职务，然而这几百人却做着同一个梦，他们只认定读书是唯一的道路，只认为升学是最美的事情，于是他们大多数人的结局便是一幕悲剧。近来，特别是近半年来，为了环境的逼迫，为了事实的需要，有许多少年朋友已经把一张毕业文凭看得并不重要了，有许多人不等到毕业便离开了学校，他们各人捉住了各人所最喜欢的机会，有的到海上去做水手，有的到空中学驾飞机，有的穿了绿衣服为人送信，有的穿了黑衣服在街上维持秩序，也有的到种种不同的机关去学习应用技术去了。其初，我还对于这些少年人感到惋惜，我觉得，他们年纪轻轻的，还正在需要父母、师长替他们料理生活的时候，他们便已勇敢地去自谋生活，实在觉得他们太稚弱了，太失助了，便觉得这个社会真是一个不慈的社会。但从此以后，我屡次接到这些离校的朋友来信，他们都来诉说他们的快乐，他们都来预告他们的光明前途，并说，他们虽然也碰了些钉子，吃了不少苦楚，然而他们承认他们所得的代价，他们说比较在学校所学的踏实到万倍，而且把从前的孩子梦也完全打破了。他们现在也不再做梦，却是正在切切实实地计划着各人的事业了。我读了这些信自然是快乐的，然而也还是悲痛的，我的快乐与悲痛的泪交织地流着，我佩服我们这些少年人了。当我很热诚地为这些朋友回信时，除却为他们祝福外，我已无话可说，我觉得我已经没有向他们说话的资格了。今次我听了展鸿图君的谈论，自然也是欢喜的，我禁不住急忙问道：

“那么你现在是干什么呢？你还不曾告诉我你的职业呵。”

于是展君便又变得十分谦恭的样子，仿佛不愿说明似的，笑着说道：

“我吗，哈哈，先生一定猜不到，我做了洗衣局的老板啦，说实在些，我现在是一个洗衣匠了。”

说罢之后，他又哈哈大笑。

展君因为不明白我心里的意思，还不愿意明白说出他的职业来的那种神情，我是完全看出来了，这使我又觉得不安，实际我是等于受了一点侮辱，我实在不愿意人家把我看成另一种人呵。我当然得把我的意见说明，我说明我对于展君的同情，并很不客气地说出一些鼓励的话来。这时候展君才能很坦然地告诉我，他的洗衣局的情形。他从中学退学之后，在家里做了半年农人，因为由几个旧同学的商议，便决定到省城来做洗衣的生意了。起初，他们还聘一个师傅，后来他们连师傅也不用了，他们自己是主人，他们自己也是工人，除却正式的洗衣工作而外，他们把其他对内对外的事情分担着，展君自己呢，则担任着在外边招揽生意。他这次到我这里来，就是为了要把学校中的生意都接过去，唯恐我不认识他，所以才托了万华清君作为介绍，他说他过去所学的一点化学知识，现在也居然应用了，不过还须继续研究；他说他现在正访求关于消毒、染色、漂白等事的书籍，总希望自己局里洗出来的衣服能比别家洗得好些，至于价钱当然要特别公道。他又说他们的生意是相当旺盛的，只是住处偏僻，房间太少，正希望在明春能开出几家分局，他还想组织一个洗衣工会，把这项事业做得更有社会性一些。我听着他的计划，看着他说话的态度，我几乎忘记了他是一个二十岁左右的少年人，我只觉得他已是一个很有希望，很有前途的事业家了。

展君把话说完之后，我们之间有片刻的沉默，在沉默中，仿佛展君还在暗暗地计划着他的生意。至于那位万君呢，因为我同他是比较熟识的，所以我还不曾同他谈过多少话，他自始至终是在那里沉默着，而且愁苦着。现在我就应当问问万君的情形了。

当我在 × 县小学教书的时候，我还记得万君是一个颇聪明的学生，特别是他的国文程度在其他学生之上。但他的脑力实在并不很好，所以对于数理一类功课，他都感到困难，尤其是算术，他简直怕得厉害，因为怕，所以也就更不喜欢用功了。然而他始终抱着一种幻想：他想继续升学，继续读书，他想做一个学者，或者更确实一点说，他想做一个文学家。然而他的家庭是非常困苦的，他虽然曾费了九牛二虎的力量向家庭求得了升中学的许可，而且他居然也在一个省立中学卒业了，然而他的功课却最终未能学到好处，他只是在一个连他自己也不甚清楚的梦境中玩弄光景罢了。他在中学卒业之后，也像其他中学生一样，只希望能继续升入大学，然而这却是万万难能的事，即使他的家庭给了他空头允许，他也无法可以弄到学费了，于是无可如何，退出了中学，也就如同退出了一个绮丽的梦境。他到一个小县城中做了一个小学教员，也就是走入一个最不诗意，最实际，最缺乏梦的色彩的场面中去了。他乃感到了幻灭，他乃感到了生之厌倦，不到一年工夫，失业的痛苦又把他打到万劫难复的深渊里去了。他在困苦的家庭中住了半年有余，不但不能给家庭帮忙，而且更给家庭添了累赘，直到如今，他还是寻不到职业，而他又没有勇气跳到另一条生路上，像展君鸿图那样做一个洗衣匠，或做类似洗衣匠之类的工作。他苦闷着，他寻不到出路，而他的年龄，他的体力，都给了他以改弦易辙的阻碍。

“半年来的家庭生活怎样呢？”我问万君。

“苦恼极了！”他答。

“想谋的职业可有头绪吗？”

“一点儿希望也没有！”

“那么你打算怎么办呢？”

“连我自己也不知道！”

唉，我为什么还要问这些话？我既不能立刻为他想出办法，我也就不必多问了，虽然我对于万君也同样抱着同情，并有着愿为之助的心思，然而我也只有以沉默作为劝慰了。

以后我们又谈到了许多旧日的学友，他们都走上了不同的道路，这又使我温习了一遍我的往日。当展、万二君告辞的时候，已是日落黄昏。当然，展君是要回到他的洗衣局去的。当我问到万华清君的去处时，他说他也要同展君一路同去，因为他还没有一定的归宿，他只好暂住在展君的洗衣局里。

他们一路走了。在暮色苍茫中，我目送着他俩的背影，眼前尚描画着两个不同的面孔，一个是快乐的，光明的，另一个却是愁苦的，暗淡的。

扇的故事

为什么没有一次春日远行呢？我心里还不断地这样后悔着，却已见有人穿起了雪白的夏衣，而且手里已经摇着像黑色翅翼似的扇子了，这使我的感情跌了一跤，颇觉得有一些慌张的意味。

已经是夏天了，我乃这样默念着，自己在宽大的屋子里慢慢踱步。我还不知道我所要寻求的是什么，直到我听到一种低微的声音，从我的尘封的书架上发出，仿佛告诉道“我在这儿”的时候，我才明白我正是需要一把扇子，因为那说“我在这儿”的声音就是从一把黑色的折扇发出的。

黑色的折扇尚安静地躺在书架中层，我看出它的寝台乃是一位现代学者所著的《古代旅行之研究》。自秋徂冬，以至于夏，这富有魔术意味的黑色折扇，就睡在这本满写着精灵名字的著作上，我不知道它曾经做了什么怪梦。我拿起这把折扇，我轻轻拂拭它身上的灰尘，我又把它慢慢地擎到鼻端，重又嗅出它那近于烧烤的胡桃的气味，我默诵这把扇子的历史。

那是去年夏末的时候，其实也可以说是秋初的时候，我的一柄旧折扇遗失了，这颇使我彷徨不安，仿佛就是遗失了天地间的清凉似的，虽然天气已不甚热，而且实已没有尽力再摇着一把扇子的必要，然而不行，我却特别觉得热燥，而且觉得非有一把扇子不可。卖扇子的人最先知道节令，他们多已把扇子收藏在箱笼里，我冒着热汗在街上找一把扇子，后来我居然找到了。我满意了，然而我也失意了，好像是即刻的事情，一夜西风，一场冷雨，树上零零落落地飘下了半黄的叶子，已有畏凉的人穿起深青色的夹衣来了。这时我简直是受了一闪，被闪在一片无边的空虚里，我乃有孤伶的悲哀。我把我的折扇放在我的书架上，那意思是还可以随时取开来挥汗。然而自从那一次无意的捐弃，它就被捐弃在那本《古代旅行之研究》上，怪不得此刻它就向我喊一声“我在这儿”了。这种故旧之感使我叹息，我仿佛看见一串无尽的夏天与秋天，像一站一站向远方展去，我又预感到我的黑折扇将永久伴我，沿着那一长串的夏与秋作一次远足的旅行。

我屡次嗅着黑折扇的烧胡桃的气息，我又慢慢地把它展开，它发出一种被撕裂的声音，这声音使我感到一点痛苦。我试验着轻轻地在我面前挥动，它乃拨动出一阵怪异的凉风，我可以说这阵风是太冷了，而且是凄凉的，有着秋风的气息。

我坐下来，展着折扇，我注视着它的黯然的面孔，扇以一种唯我所能了解的语言向我说出了这样的故事：

在某处海滨有一座大城。

这是一座荒凉的古城，有高大的乔木，有颓圮的古式建筑，有历史悠久的疏落的居民。这些居民均不与时间竞争，故他们的日子都过得非常悠闲，任日升月落，花开叶坠，仿佛都不曾使他们感动。在这些居民之间也很少人事的往来和感情的交通，故生生死死，在他们眼中均与草木荣枯同一看待。

在这大城的居民之中，也有些是上流人家，他们都过着近于贵族的生活，均自以为是这世界上的选民。他们读历史，爱礼节，喜欢室内陈设，爱看荒芜的园子。然而这些上流人也正如其他居民一样，都各保持一种相当的人间距离，他们不常见面，不做不合时宜的拜访，不参加非定期的集会，而且也不肯随便到街道上或草地上散步。

一年只有一日，而且这在一个地方，这些上流人才能有一次共同的聚会，那便是在新年的元日，在一个老妇人的家里。这老妇人可以说是这大城中唯一的真正贵族，因为她的前五世祖宗——也许是前七世，也许是前十世……曾经做过公侯，而她又是这城中年岁最长的人，她有一宗很古老而且很丰厚的财产，而她的最宝贵的财产却是这大城中人民对于她的敬意。一般居民是只能怀着敬意而谈说这个贵族妇人的故事，能够当面把敬意表示的却只有那些上流人，他们每年元日都不约而同地来到这贵族妇人的家里。

他们鞠躬，他们握手，他们静静地穿过重重庭院，他们攀登曲折的黑色楼梯。他们用低沉的声音互相招呼，用淡然的口气相互问候：

“又是一年了。”

“是的，又是一年了。”

“你好吗？你还健康吗？”

“很好，谢谢你，托天之福，我还不曾生病。”

他们都说很好，很康健，然而他们却都怀着被抑制着的惊讶：贵族妇人自是不用说了，她好像一棵成熟了的麦子，真是一天一个成色，她只等一场正午的南风了，其他诸人呢，某某的胡子渐渐苍白了，某某的眼睛变成蓝色了，还有变成驼背的，干瘪的……然而他们谁都仿佛不曾看到这些，他们只微笑着互相祝贺。他们有时也讲说海盗的故事，也说到古代的战争，也说到这位贵族妇人的显祖，说到他们各人家里的古物收藏，然而这些话也总是简短的，绝不过火的，他们仿佛觉得多说一句话便是失礼似的，当他们一开始谈话时大概就已经想到了“再见”一句告别辞，当然这句告别辞也就来得特别早些，于是：

“再见，夫人。”

“再见，先生。”

他们又淡然地告别了，于是又是一年。

但像这样的全体聚会是颇难得到的。某一年，某个上流人因为患了感冒就不曾参加，那位贵族妇人便只能看着他的名片说道：“啊，他是病了。”又一年，也许更多了一张名片，也许连名片也没有了，于是那位贵族妇人说道：“啊，某某人是死了。”

又一年的元旦，这位贵族妇人又会对着她的来宾说道，“啊，某某人是病了”或是“某某人也死了”。

一年，又一年……

扇的故事讲到这里，忽然停住了，我轻轻地把扇面敛起，扇子发出微微的叹息。

片刻的沉默之后，我乃展开我的扇面问道：

以后怎样呢？这故事大概还不曾完结吧？

是的，我的扇说，不曾完结，因为一切故事均不会有一个最后的完结，这个故事当然也是一样。要问以后的事情也很简单：那位贵族妇人也病了，也死了，那些上流人的聚会便不再继续了，而且他们也都病了，也都死了。

那么他们的后人？

他们的后人也是一样。

那么那座城？

我的折扇在我手中翻了一回身，叹息着说道：

如不追问倒也罢了，因为这故事实在应该暂作结束，经你这样一问倒令我非常感慨，我还得把故事继续下去。你问那座城吗？那是一座古城了，而且又坐落在海边，不知某年某时这地球曾发生了什么变化，海水就把那块靠海的地方侵占了，海水把一片陆地也变成了海，那座古城也就不必问了。

那么以后呢？我又追问。

以后吗，我的扇子沉默了一会又说，以后又是一次海与陆的变化，被海水所侵占的陆地又从海水手中归还，又一片新的陆地，又有了新的居民，又有了新的城池……

以后呢？

以后又是海与陆的变化。

以后……

以后……

我的黑折扇忽然又发出一阵近于撕裂的声音，把黯然的面孔敛起来，并无可如何地在我的手中跳跃一下，沉默了。

我也沉默着。忽然从开着的窗子上吹来一阵凉风，这哪里是夏天呢？简直有秋天的意味，我坐在我的靠椅上，不必起立，无意中只一伸手便又把我的折扇放回原处，仍旧很正确地放在那本《古代旅行之研究》上。然而这次无意中的举动却使我非常感动，我觉得，这举动是那么平常又那么奇异，我又仿佛看见成串的无数夏日与秋日，又仿佛看见我自己的许多影子在那一串夏与秋的交替中取一把扇子，又放一把扇子。

胡保罗

——日记摘抄

四月三十日　星期六　上午晴　下午阴　微雨

晚饭后，与“混世魔王”谈话。——近来我们称那个流浪儿为“混世魔王”了。他的名字是胡保罗，因为他是教徒，所以有这个名字。他站在门口，不敢进来。既招之来，始知其手是在河中摸时为石物破寸许，痛甚，亦唯含泪，不出声。衍梁拿出绷带及红药敷之，乃相与座谈。问其父，曰已死，问其父何为，曰吃大烟。问是否土匪，则不语，盖为之讳，但云系枪毙。忽曰有母，忽曰无母，盖其母嫁人后逐之出，故无情感。问其将来何为？则曰将当兵，当兵何为，曰打日本，戒赌戒烟。问如不当兵则何为？曰坐朝廷，并自云夜梦坐朝廷，衣金银衣，食美食，醒来则仍卧人家柴堆中，下半夜冷不可堪。问你为何打日本？曰日本可恨。问何不可恨，则曰“你们都是老师，当然知道，何必问我”。又问坐朝廷后将何为，则仍曰打日本。问学校迁移如何？则曰将随往。或劝之演讲及祈祷，则曰脚痛，候脚愈将任所欲为。久之始出，众目之为未来之墨索里尼。

五月一日　星期日　阴　早毛毛雨

至陕山庙吃饭，见省吾为胡保罗写像。

晚饭后，叫胡保罗来演讲，唱救亡歌，祈祷，并唱圣诗，圣诗不可解，余以其为胡诌，询之，云是拉丁文。

暴虐狂，为什么一般人对胡保罗苦打呢？我很不平。

五月二日　星期一　晴

胡保罗今天早晨忽然跑来，问道："先生们，军队要我去，说有衣服给我穿，……我可以去吗？"仿佛是领教，也仿佛是告别的意思，我们当然让他去，因为他所需要的不是我们，而是他们，我们同这个九岁小流浪孩都有了感情了！

五月三日　星期二　晴

胡保罗不曾到军队去，他说他不愿意离开我们，而军队上站岗的是不让他进门的。

五月六日　星期五　夜雷雨　朝阴　午晴　大风　冷

今天傍晚，胡保罗又来，着长衫，戴黑军帽，甚神气。云自关帝庙学校来，做数次讲演，得饱食鱼肉，且得大铜子七枚。我们又叫他演讲，众赞其已大有进步，姿态声调，均甚佳妙。唯言辞太差，拟代编一词以教之。

五月二十五日　星期三　云

下午，胡保罗随第五大队至，穿绿制服，着草鞋，荷大竹竿，竿上有干粮包。见各先生，行敬礼，先问许老师来未，盖许先生待之最善。又问刘桂华来未，且云如来彼则不喜欢，如未来则喜欢，盖刘常打他故也。歌呼窜跳，甚活跃，行六百里路，腿上为石所破，血迹显然，然而毫无倦容。

五月三十一日　星期二　阴历五月初三　早阴　微雨

与保罗同去洗脸。

六月一日　星期三　阴历五月初四

阴雨无聊，下午让胡保罗在屋里闹了半天。他到各处得了一串六百钱，希望先生替他存放，而大家不解。问他有钱何用，他说要买衣服，买鞋，和学生一样。我们叫他演说，并给他改演说词。1. 我们为什么打日本。2. 我们用什么方法打日本。3. 我胡保罗怎样打日本。正演说着高兴的时候，忽然叹息了一声，打住了，而且即时伏在桌子上不动了。这是从未有过的事情，我们从未见他忧愁过，只见他快乐，今天却听见了他的叹息，看见了他的忧愁。问他为什么，也不答话。稍间乃突然问曰："打一封信用多少钱？”我们问他向谁打信，他说给他姑姑。原来他有一个姑姑，在镇平天主堂做修女，路过镇平时，曾见到他的一个哥哥（这是我所未曾知道的）。他哥哥在天主堂做一个使役。我们问他为什么不留在天主堂呢？他说外国洋牧师不让，并说出那外国人的名字。问给姑姑写信做什么？答问她要钱，以备买书，他想买国文、数学，并买英文，答说他们（同学）都读英文。近来他对学生均称同学，对先生均称老师。而又爱打听各个先生的职务，要区别什么是校长，什么是主任，谁为教员……但我讲着谈着终究把他的心事又忘了，仍旧唱起救亡歌来，学生们唱歌，他都听熟了，又模仿某个人演讲，姿态，声调，真有意想不到的佳妙，有大将军风度。最后又说到一个叫“刘官升”的小孩，这小孩也是从赊镇跟了来的，曾经读过三年书，年龄在十一二，性情温和，能服从，肯尽责，在小厨房帮忙。大家自从发现刘官升以后，几乎把胡保罗丢开了。我们可以说，因为刘官升的缘故，保罗的声誉突然降落了，而在工作与饮食上，他俩又多利害冲突，所以他们俩常常打仗。我们劝保罗，以后不可和刘 ×× 打仗，再打仗，就把他赶出去。他说：“我若不能在这里，他也得走开，我恨他，我不能让他独存！”我们问他道：“刘官升比日本人如何？”答曰：“当然日本人‘更’可恨！”我们可以看出他和刘官升完全是两种种子，我们可以看出刘官升的将来，但我们不能推测保罗这一棵苗子会长成什么枝叶，结出什么果实。他会好，他更会坏。他需要教育，但他需要的是另一种教育。我们对于他都觉得无可如何。——我们倦了，保罗也倦了，我们让他走开。他跑到学生方面又活跃起来了。我们听见有这样的问答：“保罗，你母亲呢？”“我母亲被日本人掳去了！”他一直是恨着他母亲。

六月二日　星期四　五月初五

胡保罗来送信道：“军（均）县中学的学生因病而死了！”

六月二十四日　星期五　晴

保罗已在校中得到执事——在大厨房吹哨，召集开饭。但不慎将哨子丢了，只得把自己讨得的钱赔了两角。

七月七日　星期四　阴雨

晚大雨，屋漏甚巨，学生在民教馆演剧，保罗参加演出。

八月二十日　星期六　晴

胡保罗来，瘦了，而且变得腼腆了些，是年龄稍长了呢，还是环境使然？然而我又疑惑是被人们欺负得太厉害了吧？耳朵破了，流了许多血，是被学生们弄裂的，胳臂上也有被学生用开水烫的燎泡。跑出去不久，就又听到哀号声，也许是又有人打他了，万一再有人拉他那个刚刚封口的耳朵，那真是会该多么痛楚？

九月二十二日　星期四　昨夜有大雨今日有晴意但仍有微雨

晚，胡保罗来谈，完全是一个学生的样子了，说话也更有头绪了，说了许多关于他们学校的事，背了许多他所学的功课，就是对于本校内部种种，他也颇知道一些呢。

十月一日　星期六　晴　暖

学生学则报告表“人物崇拜”栏内，有写崇拜胡保罗者。崇拜墨索里尼及希特勒者亦不少。

（注：“有写崇拜胡保罗者”——学生们对国民党当局及学校甚为不满，又不能直言真正崇拜谁，故意写上崇拜流浪儿胡保罗，表示对学校当局的讽刺。）

十月十九日　星期三　早薄阴　饭后大雾

胡保罗跑来喊道：“快来看，快来看，已经看不见了。”问：“什么看不见了？”答：“城墙啊。”原来大雾自西北起，把西北方城墙全隐没了，回头一看，才知道自己面前也飞着细雾，身上早已有湿意了。

一九三九年二月五日　星期日　晴

闻后至人云，胡保罗跟本部学生出发，至中途得病，不能行，仅有人留以数角钱而已，这孩子恐怕完了。

养鸡的县官

我们住在洵阳县商会的顶楼上。

因为决定了在洵阳休息一日，所以昨晚临入睡时便下了决心："要尽可能地多睡，晚起。"早晨虽然已经醒了，却还不肯即刻起来，何况楼上的光线是很暗的，仿佛天永远不会明起来一般，叫人感到更有懒怠下去的勇气，但同时也多少感觉到一点忧郁。这时忽然楼梯在咚咚地响着，起初以为是我们的队员来了，结果却是商会的工友，他站在楼梯上喊道：

"先生们，我们的苏县长来拜访你们了，在楼下等着呢。"

这消息使我们大吃一惊，天刚黎明就出来拜客，这自然显示了这位县长的勤励，而同时也就显得我们太懒了，觉得很不好意思。关于这一类的拜会，我们几个人都不大乐意应酬，因为除了向人家有所请求以外，简直无话可说，我们还不曾学习到那些不知从何说起的应酬话，常常在人脸前受窘露丑。结果这一次应酬的责任是落在了我的身上，我也就不再推辞，因为我早已醒了，而他们还要多睡一会。我一边匆匆地穿着衣服，一边想起昨天晚上第一队队员所说的故事：这洵阳县的县长喜欢早起散步，他又爱到街巷中去察问一些民家情形。有一次他忽然失踪了，他的侍从到各处寻找，却很久寻不到他，后来才发现他是独自到一个农人家里去，被留下吃了早饭，而且竟在那人家谈起话来忘记回衙了。“那么,他的侍从不是紧跟着他的吗？”当时就有人这样问。“不然,”讲故事的人回答，“他不喜欢他的护兵随在他的身边，他总是喜欢一个人独来独往，他的护兵有时也跟着他，却必须离他远远的，仿佛是不要他知道有人跟着似的。”听了这样的故事，我在心里暗暗地说：“这倒是一个很有意思的县官了。”

我自然不暇漱洗，就匆匆忙忙地走下楼来。走到下边，才看见外面的天空是阴得很浓的，一阵冷风吹到我暖气未散的身上，觉得带一些潮湿的意味，“也许就要下雨了。”我心里想。我急促地拉整着我的衣襟，向楼下一个套间走去，走到门口，我提起声音问道：“苏县长在里边吗？”“在，在，在，请进，请进请进。”我立刻听到了这回答。这是一种奇怪的声音，仿佛是患着咳嗽症而沙哑了嗓子，又仿佛是在说话的时候喉咙里还衔了口水。我拿一张名片进去，受到了极恭敬的迎接。“这就是苏县长。”那个面黄肌瘦头戴瓜皮小帽的商会会长给我介绍。苏县长的名片也拿出来了，我从名片上知道他是河南人。这位苏县长给我的第一个印象是平易近人，这先叫我心里感到了一些宽畅。他的身个是高大的，有一张相当宽大的面孔，虽然在额头上已经横画了不少的年轮，然而他的嘴巴却是剃得光光的，他的头皮也是光光的，这叫人猜测到他大概有一种不愿意老下去的心理。他穿一件深蓝色的大棉袍，而棉袍下边却露出灰色的马裤，马裤下边却又是一双笨重的大棉鞋。这本来可以说是很不调和的打扮，然而拼凑在这位苏县长的身上，也就并不显得不调和了。而且立刻叫我想起这废圮的山城，这个荒僻的洵阳小县，也都像苏县长的衣服之于苏县长一样，都是相当和谐的了。

商会会长安坐在火炉旁边，嘴上吸着长长的烟袋，他不大说话，却常在应和着县长的话音，他对待县长是恭敬的，而且又是亲切的，像家人或老友一样。苏县长则躬了腰坐在床沿上，两只大棉鞋踏在火盆边上，而且把两只手不住地烘着。我是不吸烟也不烤火的，我只在等待应接县长的谈话。

“你们还未来到以前，我就接到上边的命令了。”他用那沙哑的嗓子亲切地说，“我早就准备欢迎你们，招待你们的，可惜这个地方太穷僻了，我们很抱歉，没有什么可以招待你们的。”

他一边说着，一边把眉头紧紧地皱起来，表现出内疚的样子，向我注视着。然而他仿佛并不等待我的回应，就一直说下去：

“说实话吧，我不但欢迎你们从这儿过路，而且希望把你们留在这儿，这就是说，我希望你们贵校能在我们这洵阳县住下去。我们这里很需要诸位。这里的文化程度太低了，关于抗战，老百姓都不大明白。假设你们能留在这里呀，”他仰起脸来笑着，“我常说：我们洵阳小县也居然有一个国立中学了，光荣光荣！真的，如不是抗战，你们做梦也梦不到这穷山恶水的地方，自然，我们要请也是请不来的。”

“那还用说吗，哈哈……”商会会长把烟灰磕掉，微微地笑着说。

“而且,说实话吧,”县长又继续说,“我实在佩服诸位的精神，冒严寒，履冰雪，步行万里呀，唉，尤其是那些小学生，他们真勇敢呵！”他又把脸仰了起来，并且用手一挥，仿佛就有无数小学生排在他面前似的。

“不敢当。”我想这样说，我以为这是我仅有的可以说话的机会了，然而我不曾说出，却又被他抢过去了。

“是呵，少年英俊哪，哈哈，”他笑起来，“我真羡慕他们，我就是特别喜欢小孩。你知道，说实话吧，我到如今还没有小孩哩，假如我也有那样的一个小孩，我一定让他跟你们去了，我相信你们一定能把他教育成才，而且，我敢说，他将来一定可以为国家效劳的。”

他一口气说完这些话，停住了，他用两只大手掌玩弄着火盆上的火苗,好像有意要把那跳舞着的火苗捉住似的。屋里沉默着，天还是阴沉沉的，忽然从什么地方传来一声鸡啼。我很想找些话来应付，可惜没有什么可以说的。苏县长的话完全落在空虚里，他的假设——假设他有一个孩子——说明了他的希望，同时也说明了他的怅惘，这从他脸上空漠的表情可以看得出来。

“苏县长也是教育界出身呵。”这暂时的沉默由商会会长重又打开。

“哦，哦，哦，”我发着这样无意义的声音，点着头。

这一来，又把苏县长的话题引起来了，他本来就要仰卧到床上的，此刻又陡地坐了起来。

“唉，说起来话长，”他开始说，“二十年前我在开封附近做一个乡村小学教师，你知道，那时候我自然还很年轻，我的境遇使我选择了这种职业，然而我很不甘心就那样为止，我当然有很好的精神去尽我的责任，但我同时又有很大的心愿，去试探另一种事业。你知道，一个小学教师须是一个万能人物，他必须教各种功课，是的，这各门不同的功课，他又必须去应付社会上一些无聊琐事，一天忙到晚，一年忙到底，而所得却只是一个仅可糊口。起初，正像一个新从学校里出来的人一样，也还热心而有趣味，但渐渐地也就无味了，说实话吧，那简直可以说是‘消磨生命’。我不记得那时候我从什么书里读到了‘消磨生命’四个字，于是我就愈发地感到我不但在委曲过日子，而且是在浪掷生命了，我十二分地厌弃我的工作。自然，你们教中学的先生们是不同的。”他说着，同时望我一眼，意思是要求我的了解。“是的，我厌弃极了，而我又居然有机会离开它。可是现在，现在想起那几年的教书生活，就有一种很奇怪的感觉，总之，是并不怎样愉快的滋味。譬如说吧，当你们的学生来到敝县以后，我就听见了他们的救亡歌声，这使我很感动，这和当年唱过的那些歌曲是完全不同了，——你知道，说实话吧，我是连唱歌也教过的，我现在的嗓子是坏了，这是后来的事情。”他满脸带着一种不甚自然的微笑，并用手去指他的喉咙。“可是我听到他们的歌声我就想起我的过去，尤其当他们之中有人吹起口琴的时候。你知道，那时候口琴还是很少见的，那时候我们已经有一架风琴，我就用那架风琴教过唱歌。我在这里听到了口琴的声音，立刻就想起风琴的声音来。那唔唔啦啦的声音，我心里就感到一点儿激动，也可以说是一点儿不大舒服，总之，很难说。这个县城里只有一个小学校，这个小学校就在城里的城隍庙里，破屋烂墙，也无力修葺，从他们那里就连一句歌声也听不到，他们很久没有人教唱歌了，当然更没有风琴，我几乎想去给他们教唱歌，然而我已经不能唱了，我的声音坏了，可是我却常常到那个小学校去，我仿佛在那里看见我过去的生活，我愿意改善他们的一切，然而不成，没有钱，他们都很苦。但是话又说远了，我回头来再说我的改业吧。我有机会被介绍到军队里去做事，这就是我的投笔从戎了。抗战以来，投笔从戎算是最平常的事了，而且是很光荣的事情，但在我那时候就不行，社会上对于一个教员的从军是很反对的，何况我还有老母在堂，她自然更不高兴。可是我终于投军了。我把我一生的希望都放在军队中，我经历了战争，你是知道的，那当然是自己人打自己人，我幸而不曾受过大伤，在一次大风雪的战争以后害了一场大病，于是我的嗓子就哑了，一直到现在，像这样子。”他仿佛把他的嗓子故意变得更哑了一些。

火盆上的水壶已经沸了，发出沙沙拉拉的叫声，在持续着苏县长那哑喉咙的余音。商会会长静悄悄地放下烟袋，取起粗瓷茶杯来盛了三杯白水，依次排列到桌面上。

县长呷一口水，又继续说下去：

“噢，你猜怎样？我干到团长，我就不愿意再干下去了。多少次战争的结果，我的朋友大都死去了，而且都死得很惨，我的许多很好的士兵也都不见了，死的死，逃的逃了，我的家，也因为内战完全毁了，我的母亲万幸从炮火内逃生。我够了，我的希望已经满足了，也可以说完全失望了，我觉得做官也没有意思。我当时自然不敢说是因为反对内战而辞职，我只说我家有老母，无人侍奉，可是到了现在，因为是抗战了，我就可以大胆地说，我那时确是为反对内战的。我回到了老家，重建了家宅，并娶了一个乡下女人，就侍奉着母亲过起乡下日子来了。”

这时候忽然听到楼梯在咚咚地响着，我知道同伴们都起来了，我还有许多事情去同他们商量或帮助他们办理，但是我不能走开，我知道苏县长的话尚未说完，我还须听下去，而且我觉得我还有听下去的兴趣。

“说实话吧，”苏县长又用这一句惯用语说下去，“一个人是不能天天闲散的，我就最不耐清闲日子，于是我就开始经营一件卑贱的事业，哈哈，说来好笑，我开始做起养鸡的生意来了。你知道，在乡下做这种事是很方便的，我有几亩薄田，我又辟了一个菜园，凿了一眼井，我就在菜园里筑了鸡场，我起初只有百十余只鸡，你想，说实话吧，这正是一个小学校中的学生数目。咱们看见小学生们放学了，一群孩子吱吱喳喳地拥出来，‘噢，放了鸡窝子了！’咱们不是常这样说吗？而我的鸡群，就像我的一群小学生一样啊，好热闹。可是后来愈生愈多，后来到了一千多只，你知道，那简直像一团人一样，而且，我原来是团长啊，哈哈……”

他说到这里，不自觉地笑起来，我们自然也都笑了。我笑得很厉害。我几乎担心我的笑有点失态，而同时我也注意到那个商会会长的笑，乃只是浅浅的，淡淡的。

“哈哈，我那一团人，不，应该说是一团鸡啊，”县长喝了两口开水又说下去，“它们，也常常闹内战呢，尤其是那些大公鸡，好热闹，好热闹。自然，我一个人是照顾不了的，我就雇了两个工人专管养鸡。你想想吧，光拾鸡蛋就够一个人忙的了。母鸡吃得肥肥的，下得好大的鸡蛋啊。”他一边说着一边用两手捧起了茶杯，意思是要用那白色的粗瓷茶杯比仿他的大鸡蛋，可惜那茶杯未免太大了，使他不能说出口来。“我们自然要卖，但我们自己也吃了，我的母亲高兴极了，她常说：‘这比你远走高飞地出去做什么军官倒好百倍呀，好儿子！’诚然，我回到乡下就为了侍奉她老人家，她快乐了，我也就快乐了。但是只有一件事使她老人家不欢，那就是我的屋里还缺少一个小孩，一直到现在也还是没有小孩，”他把两手一摊，显出遗憾的神气，“可是，天命难违，我那年老的母亲就因病去世了！”

他的沙沙的余音还在房间里继续着，益显得空气的沉寂。我和商会会长，为了对苏县长表示同情，也轻轻地喟叹了一声，故意矜持着，不再发出一点声息。商会会长的烟袋是已经吸透了的，火已经灭了，然而他只是衔着它，不好意思把他的烟灰磕去。天已渐渐亮起来了，太阳偶尔露了一下脸，却又藏了起来。什么地方传来了锯木头的声音："苏—苏—苏—苏—"，这声音响得好不寂寞。

"我继续在家养了一年鸡，"县长继续着，"后来我又入了军队。——怎样？你以为奇怪吧？是的，我真想不到我会再回到军队中去的。说实话吧，那完全是为了朋友的关系，你知道，我这个人是最重朋友的，我的朋友坚约我到军队中去帮忙，而且说：'来吧，国家渐渐好起来，不会有什么内战了。'于是我就答应了他的邀请。我随着军部在陕西各地驻防，意外的机会又迫使我到这里来做了县长。不久，抗战爆发了，我们真是已经没有内战了……现在，我们在团结抗日，这很好，这使我再没有什么理由离开我的责任。我愿为抗战建国尽些力量，可惜我的力量太薄弱了。你看，你看我的履历，我是什么本领也没有的，我只知道凭真心做事。几年以来真没有什么成绩，不过地方稍稍平静一点了，虽然不敢说夜不闭户，但盗匪是几乎绝踪了。说实话吧，我哪里会做什么官呢？我简直是一个庄稼人，我愿意同老百姓们接近，他们也都不怕我，我的衙门是常常为老百姓们开着大门的，我的家里也是一样，说实话吧，我的生活也很简单，我的女人还在家里养着十几只老母鸡，说起来好笑，这真不像做官的样子啊。"

说到这里，他又哈哈地笑起来，我们也随着笑起来了。在这里，我说了我应说的客气话，而且站起来活动了一下，县长急忙说：“来来来，烤火，烤火。”他大概看出我的冷意来了，工友进来换了新水，并说：“落雨点了。”

苏县长似乎失落了他的话题，以后只是随便地谈着，并说：“我的事情他们都知道，他们本地人都清楚。”他说时眼睛望着商会会长。

苏县长又谈到了本地人民的生活情形，他说：“唉，他们太苦了，这你是看见的，他们都衣服褴褛，面黄肌瘦，你看他们的房子，茅草房，到处都是断墙颓垣，然而他们又太懒。他们多少年代以来都是这样。你可以看得见的，有那么多山地不曾开垦出来，荒着，满山荒草，而且，他们也不知道种树，所谓造林，有多少山头是可以种树的呀，我常常想象，假若各处都有茂密的树林啊，啊，那是多好。这些，这都是我要渐渐推行的，要开地，要造林，要叫老百姓多喂牛羊，叫他们牧畜，而且，叫他们多养鸡。总之，要叫老百姓们勤励起来，改造他们的生活。还有工业，那更谈不到了，你看你们穿的草鞋，他们自己也穿，说实话吧，然而他们自己并不会打，连草鞋也是从安康贩来的，这太好笑了！”

他特意看看我的脚，以为我还穿着草鞋，不料我的草鞋并未穿起，我今天穿了布鞋，他仿佛显得有点失望的样子。稍停片刻，又继续说下去：

“总之，民智不开呀，他们什么都不了解，更不用说是抗战了。说起来也难怪，你从白河过来的，你可知道带子会的情形吗？”他仰起脸来问我。

“是的，听说过的。”我简单地回答。

“那完全是因为民智不开，因为他们生活太苦，所以，说实话吧，那真是不好办，不过那是白河县的事情，与洵阳无关，洵阳县没有带子会，除却和白河搭界的地方间或也有几个。”

说起带子会，我很希望从他口里多明了一些真相，这种希望使我急不择言，冒昧地问道：

“那么，贵县也有抗丁抗粮的事情发生吗？”

“哦，那倒没有，”他有点惊讶地回答，连那个商会会长也惊讶了，张了一张嘴，却依然把话让给县长说下去：“抗丁吗，间或也发现，因为老百姓根本不懂得出丁打敌人与他们自身有什么关系，至于抗粮的事情是没有的，因为这里的人民有一种迷信，以‘漏户’[①]为不祥，没有田地的人，也设法自己情愿承担一份钱粮。总之，这地方民智不开呀，所以，万一你们能留在这里呀，那就是洵阳万民之福了。”

“送馍来了！”这粗大的呼声，使我们都怔了一下。

“就放在下边吧。”我们的义务医生从楼上发出这样的吩咐。这是给我们的队员们送来的早餐，应当是我去招呼他们吃早饭的

① 漏户，即穷得连一点土地也没有的人民，他们本不该纳土地税。但为了一种迷信，他们却情愿纳空税。

时候了。

“好，那么以后有工夫再谈吧，你很忙。”县长很客气地站起来说，“我早晨起来已经去慰问过你们的同学，他们有的已经起来到河上去漱洗，唉，他们用凉水漱洗，天这么冷。他们也还有没起的，因为他们都累了，他们年纪轻轻的，却受那么大的辛苦，跑那么远的路。我曾经告诉他们，每到一个地方住下，应当用热水烫脚，这样就可以解乏，也不至于走坏了脚，这是我当年行军的经验，这很要紧，还希望你再告诉他们一声。还有，也很要紧，从此再向西行，因为汉江的水在山间不能畅行，激刷得很厉害，所以水性太硬，人喝了容易患腹胀症，应当叫他们每人备一个小竹筒放在身上，竹筒里装满猪油，每逢喝水便放一点猪油在水里，就没有危险了，还可以多吃酸菜，是的，酸菜，酸菜也可以治腹胀。”

他的话戛然而止，因为我已经站起来要告别了，县长同会长也站了起来。我知道县长的话不会说完的，虽然我也颇有听下去的兴致，但是我必须告辞了，屋里是没有钟表的，我想已有九点左右了吧，百十个队员大概都已挨饿，而且馍已经送了来。我告别了县长，县长也告别了会长，结果是我和会长一同送走了县长。外面细雨星星地下着，寒气侵人。有十几筐冒着热气的馍，在门口放着，发散着淡淡的甜味。我们的队长和医生，还有几个队员，已经在那里称着斤两并记着账。“就召集他们来领馍吧。”我刚想这么说，而客人又来了，这次来的是洵阳县的大队副。他全副武装，显得十分威风，他有厚大的手掌，有一脸大麻子，这更增加了他的气派，也就更使人感到一些可厌。他同我们谈了一会，他在夸奖我们，并慰问我们，他又要我陪他去慰问队员们，于是陪他到各处走了一遍。“你们辛苦哇，你们冷哇，你们真勇敢哇。”他每到一处总是对学生们这么说，他赢得了许多“立正”与“敬礼”。回到商会之后，我以为他可以告辞了，他却说要向同学们讲讲话，盛意难却，于是召集了全体队员。雨越下越密了，我们全体立在雨中，听这位大队副训话：

“……主义……思想……正确……抗战必胜……建国必成……前方流血，后方流汗……青年……国家之栋梁……”

他的话很多，简直没有完，但常常重复。而且那些话（我实在不该这么说），都是那些孩子们听过无数次的，从他们自己的嘴里也讲过多少遍，从他们的笔下也写过多少遍了，我不敢说他们厌倦，因为他们都在雨中笔直地站着，衣服是单薄的，肚子里是空空的，然而都矜持着，像新植在地上的小树苗一般在细雨中滋润着。

我们的早饭吃得很仓促，饥饿与寒冷使大家增加了吃饭的速度。

下午我们上山，也就是进城，因为城在山上。跑遍全城，才得又定购了一千八百个馍。这里有卖麻鞋的，我买了一双，预备明天开拔时拴在布鞋外边试试。又买了针线，回到商会的楼上缝补破了的裤子。

到了晚间，我渐渐地不能支持了，头痛发烧，因为早晨起床后并未披起大衣，又在冷雨中恭聆那位大队副的训话，自己缝裤子时又曾脱掉衣服，我是感冒着了。

青城枝叶

一

“到青城山去！”

春假以前，许多人都这样嚷着。

教书生活之腻人，凡是教书的人都有此同感。但既已担负了这份责任，也不容易再另跳个槽儿，虽然在抗战期间任何人都有机会去过一种完全新鲜的生活。腻人！于是凡有一点儿隙缝都想跑出去透透空气，而春假又是最好的时候。我们，以及我们这一群，抗战以来断断续续地跑了一年多的路。这种跑法对于我们当前的大事业还不敢有什么用处，但在我们个人却实在得益不少，我们都跑得很结实了，无论是我们的身子或我们的心。我们看了很多，也经验了很多。我们懂得了“走路”的道理，也懂得了一点生活的道理，而且，我们的抗战之必能胜利，以及这一胜利之实在不易获得，在我们的长途跋涉中也得到了说明。现在，我们走到了这座僻静的小山城中，过幽静的生活又是一年有余了，虽然我们随时也呼吸着现实生活的气息，但闷塞之感还是难免的，而且又是春天来了，我们需要出去开扩一下我们的胸臆。到什么地方去都好，只要是暂时地离开这个腻人的窠臼。于是，“到青城山去！”据说青城山的风景是很好，但什么风景不风景的，这时候也并不怎么吸引人，我们一两年来看了无数的好风景，而且有多少好山水已经蒙受了难忍的污辱，又洒上了民族的鲜血，然而我们还要躲在大后方看风景！我们自然是去看了风景，但我们不愿这样说,那么就让我这并非辩解的辩解使我们安心一点儿吧。我们必须出去跑跑，我们也是刚卸了载的牲口，让我们暂时在松软的地上打一阵儿滚，让我们向长空自在地吼鸣。真的，当我们离开这些小房子，离开这个石头城圈子，尤其当我们超越了几个高岗，最后看见了那一片成都平原时，我们真想飞起来了。我们真想亲亲这平原。我们想起我们的故乡。我们生在那片大平原上，却最喜欢那里一块小石头，一个小土岗。但是，如今我们被山峦困住了，从河南西部，一直到脚下为止，凡我们走过的地方，都是山，都是山。而此刻，摆在我们面前的是一片平原，一片绿的海。但是，远远的，那里一堆人，他们在那里干什么呢？那里是一个小岛，也许有一只航船在那个岛下触了礁？我们走快些，我们去看看，我们不知道我们这第一次出马到底将遇到些什么，我们正在兴高采烈，我们不愿意在我们正要开花的心尖上放下一个小小的毒虫。

二

公路由山顶上曲曲折折地爬下来，已经爬到平地，已经服服帖帖地伸直了它的身子，要一股劲儿伸到成都去。公路两旁是稻田，是水塘。就在这儿，在这么一个渐入佳境的地方，忽然结起了一个“人的疙瘩”。我们急促地走到近前，第一个被我们注意的是一个士兵，他仰脸向天，四肢遥遥地伸展着，倒在道旁……一个女人，在用手梳理她水淋淋的头发，她满脸泪痕，却一点也不去揩拭，她的刚从水里捞起来的行囊在一旁滴着水陪着她，她默默地坐在那里，仿佛正等待有谁来予以救援，但此刻谁也不会伸给她一只手。人们，其中有多少是满头满手带着血迹的，正拥挤在水塘中，在用种种方法援救那一辆汽车，那部车子用了它的橡皮轮子向天空哀求着，仿佛一个栽了跟头的黑色甲虫，我们猜想这甲虫下面还压住了多少生命。吓，而在这一群人的那一边，在水塘的对岸，远远地躺着一个人，他却是四肢和脸面都埋在泥里，好像在用力地向地下钻，钻，钻，我们很难想象他何以被摔得那么远……此外，散乱地掷着箱笼、食品、衣服、帽子……

三

在旅馆里，一群闲人围着一盏灯，他们正在兴高采烈地谈着那件覆车的事情。

“是上行车？”

“是啊，开往成都，早晨从下边开上来的。”

“死了两个，不止吧？”

“其中还有一个中学教员呢。”

最后这一句话清清楚楚地打在我的耳朵上，我立时一震，我疑心那死者是范。那个四肢铺地仿佛正要向泥水中钻去的人影，又显现在眼前，一点也不错，那正像范，那灰色的夹袍，那圆浑的身体……

我们本来可以同时动身的，但是范因为走得很急，早晨搭了汽车先走了，然而覆了车……也许不是他，也许是……这一夜我一点也未能入睡，我只想着这个问题，我看见他，我记起他临行时那种匆忙样子，他还说：“我为什么回去得这样急呢？”我后悔为什么当时我不到那个死者旁边去确认一下，而且当时又无端地认为那是下行车……

次日早晨出发，我真想向回头的方向走，但知道无济于事，不如到成都一问便知。我的两腿有点发软，而心里总是恍恍惚惚。出城去，是一望无际的水田，塔影、树影，倒映在水田里，层层叠叠，青青绿绿，非常清楚，这景色也提不起我的兴致。

到成都，一接触那种繁嚣，那些耀眼的灯光，那些拥挤得水泄不通的行人，真使我有点晕眩。我们不知为什么要住一个很阔绰的旅馆，房间自然很好，然而价钱太高，在我们实在过于奢侈。这是一个有历史意义的旅馆，在抗战前，我们的民众曾为了敌人强设领署而示威于此。我们也许就为了这个而来此一住。这一夜我是睡了，然而睡得很坏，我两次梦见范。第一次情形很可怕，他的阴暗的面孔，表示着他的凶险的遭遇，他一句话也不说，却只是用眼睛瞪着我。第二次却是同他乱翻着许多新书新报，仿佛在书店，又似在学校，而其中一本画报上却是一张可怕的照片：一个人，四肢铺地，正向泥水里钻；一个兵，满身血污，仰面朝天；一个女人，用两手拧着湿淋淋的头发……

可笑得很，人会自己造一场暴风雨而自己就淹没在这风暴中，但这暴风雨晴起来也极容易。第二天早晨我们找到了范。他说："我的车倒未覆，但是我的船却覆了，成都这地方真是一片大海，而且波涛险恶，我的一叶扁舟简直没个停泊之处。你看，满街都是旋风，而且空气是那么窒塞，低气压，整个的低气压。"他又告诉我们很多新鲜消息，这些消息都与抗战有关，然而其中有令人振奋欲呼的，也有令人悲愤欲泣的。

都市之一日，已经够了，明日决定到青城山去。在想象中，一座青山，青的，青的，青的，真是凉爽之至！

四

据说七点钟有开往灌县的汽车，我们于六点钟到站，等到七点、八点、九点，将近十点了，并没有汽车，站上除站役外，并没人负责。也好，免是遭覆车的危险——虽然这一段完全是坦坦荡荡的平路，然而这年头也还是静海里覆舟，平地上翻车的年头——我们只好不坐。

到达灌县时，已经黄昏时候了，山，山，山，以极其苍茫的颜色迎着我们，但我们还不知道哪是青城山，我们觉得那些山都很好。虽然天已昏黑，晚饭之后，我们还出南门，过大桥，模模糊糊地看过了离碓公园，次日早晨仍是游公园，看离碓，并登“亭亭亭”，俯瞰青城一带山水。饭后，又登山，出西门，过玉垒关，游二郎庙，走竹索桥。桥下是浩浩的江水，桥身是竹索连起的木桩木板，摇摇荡荡，似一条万丈游龙。这真是一件充分地表现了中国特色的工程，一件艺术品。我们的一个同伴，身体最胖而胆子最小，战战兢兢地走在上边，一步挪不得四指，那样子实在好笑。“李冰，兴水利，开离碓，斩水妖，架索桥，灌田畴，利交通……中国非不伟大，然而我们自己总不相信自己的力量，凡有伟大事业总把自己的功劳分给神明……”我一边过着桥，心里这样想。沿堤，入公园后门，又入城，不料在一家小商店内买到两册旧书：弗里契的《艺术社会学》，普列汉诺夫的《艺术论》，书里夹着干枯的花瓣，那退色的花瓣还保持着一种特别的香气。

下午，坐滑竿上青城山，却落起小雨来了。过长生宫，一访泰山旧友，不料这位三年不见的朋友却回家去了，是为了一件与抗战极有密切关系的生产事业而回去的。原来是极其丰满的朋友太太，如今却变得憔悴不堪了。她又有了一个小孩，但她也丢掉了一个大孩。当敌人已经过黄河即将直扑泰山时，他们夫妇要急于回到四川来，一连上过七八次火车，却被那个离不开奶母的小孩用号哭留下了，那孩子无论如何也不愿意离开那个生他的圣地，无论如何不跟他的父母而一定要同他的奶母同住，无可如何，这一对夫妇只好把儿子留下，只带着那孩子的弟弟回到四川，那孩子的奶母是一个极其穷苦的中年妇人，当初议定每月寄她二十元作为她同孩子的生活费，但现在后方与沦陷区汇兑已断，就没有什么办法了。“唉，说起来真是可哀，既不愿留在沦陷区受敌人侮辱，就只好把自己的心肝留在那儿，现在那个奶母也许已经成了乞妇，我的孩子也许已经饿得面黄肌瘦，满身虱子，满身疥疮……看，这里的青城山，不也正如泰山吗，我听到山水的吼鸣，就仿佛听到泰山下火车奔驰的声音，尤其在深夜……”这个做母亲的几乎哭出来了。

山路非常幽邃，树树树，草草草，如此而已。住天师洞，却又遇到一个北方的出家人，他名叫李琳，他予我们以周至的招待。

五

“我吗，我的事情可真是一言难尽了。”吃过晚饭之后，道人李琳把我们安置在一座廊房里，点上了灯，开始谈了起来。“不要看我是个出家人，我戴了道冠，穿了道袍，但我还是我，人生一世，也不过糊弄着生活而已，何况是这个年头儿。我把人世间的事情都阅历尽了……我从三岁就生病，有多少次几乎要死，真也把父母的心操烂了，直到十八岁我才健康起来，于是人世间一件不可避免的事情便来麻烦我，我的父母要我结婚，媒人不断地向我家大门里跑，但跑来跑去都是徒费唇舌，一连订过十几次婚，我都不曾答应，都拒绝了，我就对我的老人家说：不行啊，我身子不好，不应当成婚来自促年寿，而且我自己还顾不过我自己来，我怎么能够成家立业呢！这当然很伤父母的心。到了十九岁，老人家无可如何，偷偷地给我订了一门亲事，到我二十岁的时候我就从家里逃了出来。年轻人真是什么都不在意，你说那时候我怎样走的？我带了二百文钱，一身单衣服，还有一方手帕，我到了北京，在那里我投了军队。从此以后，我就走遍了天涯地角……我刚离家的时候还曾经给老人家写过信，但以后就没有信了，家里来信我也不回，我是插了翅子的漫天飞，再有家信我也看不见了。我这样闯了足够十年，居然也做了军官，但是我的志气从此也就尽了，我觉得一切都没有意思，闯来闯去不过如此，不过是自家人相杀相砍！七年前我来到了四川，从此我就脱了军服，换上道服。可是现在，现在是打日本了，我的心仿佛又动了一下，我想我还是可以做点事的，过去的朋友也有劝我下山的，可是我终究不曾下山。入山以来，对于世事本来不大关心，不过偶然听到一点，都不如意，都不如意！……不用说别的，就说这里许多人不能吃苦耐劳，勤俭治家，却是吃喝嫖赌吹。尤其是吹，把宅子地都吹到烟枪里去了，没有钱就饿着肚子看屋梁，一有几个钱就大口吃猪肉，猪肉不加盐，却吃甜的，吃甜肉，从这一点就可以知道了，这算什么风气……”

他谈到九点钟才回去。他临去时外面已下起大雨来。他又说：“假如不下雨，夜里可以听呼更鸟，它每过一更就叫一次。它像画眉那么大，头像夜莺，叫的声音不大，然而听得远，五里以外听得到，远而又清……”

我们听着雨声，各自入睡。

六

大雨下了一夜，自然不曾听到呼更鸟。早晨五点钟就被钟鼓之声惊醒，起床之后就去看道士们念经。他们自己说这是他们的功课，其实这种必修课却已成了表面工作，他们的正事是招待来宾，其事业与旅馆中人相同。同伴都未起，我乐得一个人冒雨看山。我去看过了银杏、歧棕、降魔石，由上天梯到息心亭。早饭后雨仍不止，乃购草鞋，脱大衣，右手扶杖，左手打伞，独出山后门，先至朝阳洞，返至祖师庙，下至偏桥，看掷笔槽，我在这里有颇久的凝思，这一笔真叫我佩服极了。我一个人继续向前走，向前走，我不知道走到什么地方去了。上边，上边当然是天，但我看不见，看见的只是云和树，听见的只是风声、雨声、山洪声，偶尔有几阵幽深的啸鸣，真如远山中传来野兽的吼叫。向下看，那才真算奇怪，山下边是一地黄金，不，是一地阳光，然而下着雨哪里来的阳光？原来是一地菜花。一个人也没有，静极了，我多少有点儿恐惧之感。当我回到天师洞时，雨也渐止了，于是又邀着同伴仍由原路上山，但是这一来，我已经不新鲜了。“唉，你这家伙，你自己个儿把好风景都看完了，再让我们来看！”那个不敢走索桥的同伴这样说。自然，此刻我可以指指点点，仿佛这青城山就是我家中物了。到上清宫，看天师池、麻姑潭、鸳鸯井，又看了张大千的画室。“住在山里画山，这真不错，可是，到底是真山真水好，还是画中的山水好呢？”那个同伴忽然又发出这样的问题。我本来应当再到长生宫去拜别那位朋友太太，但下得山来，才知道归路已非来路。

“我们算游过了青城。”我说，并接着问那个有趣的同伴道：“你觉得青城怎样？”“怎样？”他有点不屑的语气，“还不是那么一回事，什么名胜古迹的，譬如天师池、麻姑潭之类，也不过两个水坑，俺家大门口就有那么两个，小时候时常光了屁股下去，学打澎澎。”

坐在滑竿上，我们都沉默着。而我则一心听着滑竿夫的谈话。我们的劳动者之喜欢讲话，而且讲得那么有道理，有时是极有风趣，常常使我佩服。一个说：“往年子，四川省大饥荒，军队吃饭都不敢开大门，做啥子？怕抢啊，老百姓见军队吃饭就要抢，军队吃饭不但关着门，还加了岗，自然更不敢吹号。那时候老百姓为了吃饭都乐意投军。今年子，打国仗啦，老百姓可又糊涂了，只要在家有点饭吃，就不愿投军了。”又一个说：“今年子粮食硬是贵，老百姓也不是不苦，可是酒房里还在烧酒！把烧酒的粮食当饭吃，那有多好，听说政府要禁酒了！”我听了这话，心里一笑，我不觉地看了看我那个有趣的同伴，显然他也听到这禁酒的话了，他低声说：“啥子，不烧酒老子喝什么？”过河的时候，一个卖蒜苗的在船上兜生意，买者说：“要给够啊，称得高高的。”卖者说："啥子话呀，同船过渡，五百年修，哪个还在船上昧良心。如今实行度量衡了，新生活，简单，朴实，正确……"这些人都很可爱。

草鞋、布鞋、两双袜子，都湿透了，天也晴了，我们迎着第一颗明星进了灌县城，想道：假如今夜仍在山上，就可以看见神灯了。

第二天早晨，我们很早就向回成都的路上出发，离开城，我们回头来向青城告别，城头上"雄震都江"四个大字使我延伫了一会，于是也看见了远山上的白雪。晚间在成都旅馆里听人谈，从前有人独登青城，几乎被豹子吃掉，险得很。

七

"这也是殖民地现象之一，明明是汽车路，却跑着人力车。"当我们离开成都，迎着朝阳向归路进发时，一个同伴这样说。

拉车的像抬滑竿的一样，都很喜欢讲话，而且讲得很可爱。他们从自己的家事，讲到国家大事，尤喜欢讲有趣的故事。一个车夫讲了一个"杂拌烟的故事"。他说，一个庄稼人去看戏，他一面看戏，一面吸着香喷喷的杂拌烟。他旁边一个老头儿，穿着庄稼人的衣服，却并不像一个庄稼人，那老人看他吸完一袋烟，便向他借烟，他给了。那老人却贪得无厌，借一袋，又一袋，借一袋，又一袋。可是这个庄稼人却一点也不恼，只是客气地给。那老头临去时问他的姓名居处，他自然也告诉了。第二天他们的柴门外边忽然来了官差。他同他的老婆都慌了，以为自己并未犯罪，为什么会来官差呢。不料却是皇上的圣旨来调他。他去了，一看，吓，万岁皇爷却正是那个借烟的老头儿。他当然是做大官了。唉，我听了这故事也非常赞叹。老百姓生活太苦，而又过分忠厚，便只好做着这样的美梦。我想他们一定很惋惜，惋惜现在已没有了那样的皇帝，假设有，他们也许有一个被借杂拌烟的机会，然而现在是不行了。我们的人民就是如此，这是一面。另一面就是无可如何的“乐天知命”，这种可爱的情形实在也极其可怜。你以为他们很苦，他们诚然也苦，然而他们却表现得很乐。他们说怎样喝酒，怎样吃肉，赚多少钱，拉几天车就要耍一天。他们有一种极可爱的风趣，而他们的天性之醇厚也助成他们这种风趣。看看天色就要黑了，然而我们还不见中途那座可以宿夜的城。等忽然转一个弯儿看到城墙，一个车夫骂道：“妈卖皮，老子四天不见你，你就跑了？老子要打你！”“你”，你是谁呢？原来就是那座城。

夜里下了雨。第二天早晨我们就在雨中进发。

虽然是在雨中，农人们还在工作着，而且是不蓑不笠地工作着。

牛在拉着犁，水车在吱吱地响，推车的，挑担的……在雨中，一切如常。

水田平明如镜，绿鲜鲜的春草给这些明镜镶上了框子。绿肥发散着可爱的臭气，什么地方又送来阵阵的花香。

当车夫看见一个农妇也在水田中冒雨工作的时候，他在得意地调笑了：“妈卖皮，下雨也舍不得休息一天……没有米饭，吃稀饭，没有稀饭，吃红薯，没有红薯，你不会向家里拉一个？”

他们对于公路上的里程碑熟悉极了，“到罗江城还有几十个桩桩。”“九十公里的桩桩在东门外的桥下。”我觉得这很好玩，他们大概像教作文的先生改卷子一样，过一个桩桩和阅完一本卷子一样是一个天大的喜悦。

雨停了。我们又行过那覆车的地方。那里没有车，也没有人，那里只有泥泞，有被雨水打湿了的飞不动的纸灰，而水上，水上还漂着一层汽油，在阳光的映照下，显出五颜六色，像片片极轻极薄的彩绸。范没有和我们同时归来，假使来了，我就要指点给他那个地方，那边，在水塘的彼岸……

回到学校，有人问：“青城山风景可好？”

“很好，”我说，“我就讲给你们听吧。青城山，那是道教的胜地，有降魔石，张天师降魔，一剑把一个山头劈作了三瓣。这个不足为奇。我要说的是掷笔槽。唉，这是我游青城的唯一心得。张天师坐在万丈山崖，降魔已毕，把朱砂笔向山头一摔，一声霹雳，那万丈山崖便忽然而开，从山顶一直裂到山根，并不宽，但极深，那石罅两旁都是林莽丛茂，只有那石罅中黑洞洞的，寸草不长。唉，我对着这一笔沉默了很久。我对于张天师本无好感，但现在我却也佩服了。自然，我所惊讶的是他的那支笔，我若能有那么一支笔，我若有那么一支笔就好了！”

“这是传说。我问你风景。”

“风景啊，青城正如一座青色的城池，不过是枝枝叶叶，叶叶枝枝。”

“此外呢？”

“此外，此外我还看了些枝枝叶叶，那是属于另一种风景的……”

空壳

近来时常听人说，某某人有神经病，某某人发神经之类的话，仿佛这是一个神经病的时代似的。我有一个朋友，就曾经一再地告诉我，说某某教授是患神经病的，因此我却非常纳闷，一个人既有神经病怎么还能在大学里做教授呢？有一次，我看到学校门口贴一张大布告，是某某学会公开演讲，那讲题非常惹人注目，叫作《希特勒及其柄政后的德国》，而那个主讲者就正是那位神经病教授。这给了我一个认识他的机会。到了演讲的时候，我准时到场了，然而糟糕，听讲的人太多，简直没有一点空闲地方，我心里暗想：这么多人，难道都是为了来看看这个神经病教授的吗？还是大家都患了神经病呢？会场里秩序很好，神经病教授也来了，于是即时开讲，我也就立在一个墙角下听完了这一场演讲，结果我也就知道了这个教授的病源，那就是：他对于法西斯，对于横暴，对于一切反进步的东西痛恨到了极点。

后来又听说某某女生也是患神经病的。这个女生正是我自己教的学生，我当然比较知道一些。我知道她脑筋不很好，那大概是因为受了太多伤害的结果。她文章的确写得很好，每次都很好，而且每次都可以看出她的思想。我记得她写过一篇叫作《毒药》的文章，可以说是一篇相当完整的小说，文章的内容是这样的：一个女孩子同她一位表兄恋爱，她糊里糊涂地怀了孕，又糊里糊涂在学校宿舍里生了小孩。她受了学校中师长的侮辱，又受了家庭的责斥，她父亲给她毒药吃，要她死，却为她母亲所阻止了。她去找她那位表兄，那个负义的人，他给了她虚伪的安慰，又给她以“益母”的补药，其实那正是毒药，也是要她死，她却很傻，怀着求生的希望把药吞了，几乎被毒死，而又被救了过来。人家也许以为她现在完全绝望了，还不是自杀了事吗？然而她不，她从此奋发起来，她说：十六岁以前的事都是乱来的，从今后非揉搓出一个新样子来给人们看看不可，她要活，她要活得好。……“要揉搓出一个新样子来”，我以为这话真是说得好极了，我们哪一个认真生活的人不是如此呢？我们在层层的压榨和层层的围攻中生活，我们要拼命地去揉搓一番，我们活得像一片抹布一样，污秽，黑暗，被鄙弃，被践踏，然而我们却要挣扎出一个明天，要像一个“人”的样子站起来。我以为这文章实在写得很好，这样的作者一点也不“神经”。她对于人生的看法实在也很健康，像她对于其他的看法一样。人家也许以为她这个人太不拘谨了，拘谨也许并不好，不过太不拘谨了就更不好。她的功课当然是可以值六十分的，但她不愿意为了考试而去用功，更不去开夜车，于是她就坦白地告诉那个先生：先生，你就给我六十分吧。如遇到什么困难问题，她索性就去拜访那个可以解答这个问题的先生，也不管认识或不认识，更不管是否听过课，她不像其他女孩子那样不敢见人。她实在是非常尊重她自己的，她如果到你的家里来了，她就正如你家里人一样，一切都实实在在，绝无虚假，饥了就吃，疲乏了就告辞回去。就是这样一个人。她对于历史，对于社会的发展，对于当前的现实问题，都有一个很好的看法，她是永远渴望着光明，永远追求着真理的。对于光明的希求太迫切了，而对于黑暗就有极端的痛恶，于是这就是所谓神经病了。

我想，许多被宣判为神经病的人，也许大都是如此的，我很想告诉我那位朋友说这样的人很多，在这个时代尤多，我自己认识的就不少。可是我终于不能告诉他，我知道他是随便说说的，那宣判某某为神经病患者的人不是他，也不是任何一个人，而是更多的人，更复杂的一种力量。不过，因为我却想到了另一个问题：既然这样的人是神经病患者，那么什么样的人才是最完好的人？才是没有神经病的人呢？于是我想起了高尔基的题作《再关于恶魔》的那篇文章，他说：魔鬼把一个人的热情、希望、憎恶、愤恨……都陆续地取去了，于是这个人就成了一个空壳，也就成了一个“完人”，这样的人是很健康的，当然也就不至于被人指判为神经病患者了。那么，我们大家还是都相勉为空壳好些吧。

根

近来，这个小城市渐渐地寂寞了起来，虽然大街上也还是熙来攘往，但在我，这座城已经几乎成了空的，因为所有的熟人已差不多走光了。从前走在街上，时常觉得那些点头招呼的礼节是可厌的，于是索性自己低了头走路，以免生那些麻烦。然而现在却不然了，现在一味地仰起脸来走路，想发现几个熟人，却已很不容易。有时走过几条街遇不到一个熟人，有时遇到一个熟人，见面就问："您几时走？""您找到车子没有？"我么，我不想走，我自然也不去找车子，我知道车子是很不容易找到的。也许有人必要问我："那么您还留恋这个地方吗？"诚然，这也很难说，譬如这个地方的红崖山，或晴或雨，看来总是那么怪灵秀的，尤其当夕阳照着，淡云笼着的时候，才叫我真正了解了"云蒸霞蔚"四个字的好处；再如这里的永宁河，河水有时清得像翡翠，水流的声音也极其清脆，一旦大雨滂沱山洪暴发，永宁河便变成了一条满江满槽的浊流，那水势总是要冲破两岸的石坝似的，发生轰隆的巨响，把整个山城都震动了起来；而上下两桥，无论何时，也总是最吸引人的地方，而且这地方还有那么多的果园和树林……也许这地方就因了这些特色而显得可爱，然而我可并没有因此而留下来。或者说，我的留下来可并不是为了这些，何况这地方还有那么多坏天气，你想，不见太阳如何能行？而昆明来信又总说：“快来吧，这里的天气太好了，天天有大太阳。”何况，山呀、水呀、树呀，这些东西对于人生究竟有多少关系呢？当人们都已走开时，这里的山水也就变了颜色了。人总是人。没有人的地方总是寒冷的。自然我所说的人是和自己接近的人，是朋友，是温情的给予者。倘若能够把任何人都变成自己的朋友就好了吗？也不见得，而且这也不可能。那么，你为什么还要留在这么一个荒僻的地方？于是有人对我说：“你又在这里生了根了！”

我很赞美这句话，我就喜欢“生根”这点意思。这叫我想起一个旧问题来。这个问题一直追随我很久，直到最近，这个问题也还有时候来惹我一阵烦恼，虽然我明明知道这是一个糊涂问题。不知从何时起，也不知为什么，我总以为“人”这种生物——不，应当说是动物啊，可是动物也还是生物，所以我总说“人”是生物，我总以为“人”这种生物不生根是奇怪的。人为什么不生根呢？树木花草都有根，就连生在水面上的浮萍也有根，虽然只是非常细弱的几缕根。我爱树，尤其爱大树，那一树清荫固然可爱，那盘曲在地下的根却更可爱，没有那地下的根，怎么会有那一树可爱的清荫呢？“树大根深”，我就喜欢这句话。你看，一棵大树，它用它的根直接从大地吸收养分，它把根扎得深深的，又伸得远远的，它的根能穿过坚硬的石头，能从河底的这边穿到那边。它生得那么稳固，于是人不能拔，风不能推，却只在大风中摇摆出一种可爱的姿势，这多么好。然而人没有根，人只是一堆骨肉，这一堆骨肉就在地面上跑来跑去。真是奇怪，人类是太容易抬起两脚，太容易使自己改变的了。“我要走。”于是就走了。“请你陪我到公园去。”不去吗？拉你一把，你的脚就迈步了。跋山、涉水、赴宴会、朝圣地、进军、送死……都是这样。自然，其他动物也没有根，因此，我对于一只初生的雏鸡会感到神秘：它只是一团黄色的绒毛，然而它居然包含着一个生命，它刚从那个硬卵壳里爬出来，它就会吱吱地叫着，如意地走着，但是它和人一样，没有根，没有根怎么能生呢？

抗战以来，我被迫着离开了旧居，以后，就一直住在荒僻的小城池中。最初我在湖北一个小县城中，住过半年之后，自己也觉得腻了，这主要的原因是许多大英雄在那个小地方，成就了许多不大不小的罪恶，实在令人住不下去了，于是自己心里就想：走开吧，换换地方吧，而且到后方的大都市中走吧。想是尽管想了，话也一再地说了，可是我的脚并不替我迈步，后来不得已了，就到四川一个县城中。这个小城简直是个小村庄，简单极了，也朴素极了。我在这里住下来就像住家一样，一住就是三年，最后还是在无可如何中才走开的。走开了，又来到这个小山城，到此不久，这里的熟人又都走开了，我也应当走开的，然而我说：我还是在这里暂且住一年吧，我不打算走，这就正如那个朋友所说，我又在这里生了根了，我这才恍然我原也是一株有根的生物。我这个生物的根也并不是随便什么地方就可以扎下去的，它也有特别适于它生下去的土壤。虽然抗战这一场风雨是异常剧烈的，可是我的根却还没有受到什么影响。

再回头想想，我从前固然也住过几个大都市，但当时那些都市与我又有什么关系呢？多买几本书，多见几个人，多听一点消息吗？其实我住在都市里也正如不在都市里一样，我大概还是住在都市里的乡下人，那么我的根也许是最容易生在荒僻地方的。我大概不会是一棵松柏，一棵梧桐，更不是牡丹和兰花，我大概是一株野草，我始终还没有脱掉我的作为农人子孙的性道。

有一个时候我还曾经立志要“连根拔起”，但那根并不是指的这根，那是说旧的意识之类的根，那妨碍我发扬、扩大，妨碍我生得更坚硬、更泼辣的根，我真愿把它掘出来，烧毁它。那么我的根也许不只一条，大概除去“主根”之外还有“须根”，也许除去“地下根”之外还有地面上的“气根”。自然,无论什么根，它们都是互相关联的，它们共同地支持着我这个柔弱的躯干，并营养着我这一身并不繁茂的枝叶。

说吃

小时候曾听过老年人的训诫，说不可注视正在吃饭的人，或说，吃饭的时候不要尽望着别人的嘴。当时只以为这是为了对人的礼貌，以为是当然的，却不知其所以然。现在我仿佛懂得这意思，因为吃饭实在并不好看，这不好看尤其表现在嘴上。

有很多事情都是习而不察，假如详细观察起来，最平常的事也足以令人惊心。你曾注意到一个贪馋的人如何吃饭吗？不论什么，只要有吃的就好，他吃得又香又甜，他的唇舌发出种种声音，他的脸上做出种种表情，他的腿抖动着，那正是他的食欲的节奏，假如下面是地板，地板也动起来，假如那桌子不平，桌子也动起来，假如那碗盏不平，碗盏也动起来，而且叮叮响起来，正在吃着的人自然是忘人忘我，忘神忘形。“饮食之人，人皆贱之！”你也许这么骂一句。然而且慢，我这里却不愿说这种人，我只想说那平常的人。就是任何人，你只要注意他如何吃，你将越看越觉得好笑，但这是不能笑的，因为人人的鼻子下面都有一个填不满的洞，而且那洞门口还有两列闪闪发光的坚利的锯齿，人人都要吃。但也正因为如此，你反而觉得这事情越来越严重了，你将不能自已地想道：所谓人生者原来就是为了“这个”，顶顶要紧的原来就是“这个”！有意义或无意义，高尚或卑劣，都不成问题，问题却只在于“这个”是必须的，假如一天不吃，一天就难受，假如多日不吃，那就要饿死。更进一步，假如你看一个饥饿已久的人在吃饭，假如那个饥饿的人是个大丈夫，一只饿虎，他将如何吃法呢？他也许已经变成一个馋人，像我们前边所说的那样的人，其实他恐怕比那个馋人更可怕，因为他正如那干旱了很久的土地之于一滴雨水，他要顷刻之间把生命挽转回来。你看他吃，你还能看下去？你难道不在心里想道：这个人，应当让他吃饱，而且应当设法让他不再饥饿。更进一步，你假如是看一大群饥饿的人在吃饭，而那一群人面前却只有少量可以充塞饥肠的东西，而这些人又是只想到自己的生命而并不顾及别人，你看他们将如何吃法？恕我对于人类的失敬，我想起来了，每一个农人都懂得这个道理：假如养一头猪，它不肯吃，假如有十头猪，于是个个都肯吃，因为要抢，要夺，要推开你，我来吃。但是我们看着猪在吃，并不惊讶，因为猪以及其他动物，几乎是以吃为最高生命，而人则不然，人除了吃还要做些别的事。譬如人之中有所谓哲学家，他要思索宇宙人生，还想改造宇宙人生；又有所谓诗人，他要体察宇宙人生，又要用最美好的方法去表现宇宙人生中那最美好的事物；又有些大智大德，他们自己也许饭蔬饮水，也许箪瓢屡空，然而他们却在“为天地立心，为生民立命”。人之所异于禽兽者几希，而异中有同，同处就是无论如何总得吃，因为，在人类，虽然有那么些最高最美，最伟大的事业要做，而吃却也是生命的最后基础。切斯特顿在论述亚诺德的文章中曾经说：“他呀，他绝不会赏识当阿西西的圣弗郎西把自己的肉体称之为‘我的兄弟这个驴’的时候那份力量（更不必说那种幽默了）。他绝不会体会这种感觉（同时充满了恐惧与喜笑的），就是：我们这个肉体‘乃是’一个动物，且是一个最滑稽可笑的动物。”说是滑稽可笑，诚然是，而其严肃可怕也更甚。你看一个人在吃，你说那是喜剧的，而其为悲剧的也有过之而无不及。

话再说回来，我们最好还是遵从小时候听过的训诫吧：不要看人吃，不要看那正在吞咽撕嚼的嘴，因为这并不愉快，无论其为喜剧的或悲剧的。然而你也许还要想象（自然有好多人是不能想象，也不肯伤脑筋去想象或推想的），你想到普天之下有多少饥饿的人民，我们这些同类，由于饥饿，由于欲求一饱而不可得，由于把生活的最高理想被限制在“吃”上，这些“人”都变成了“动物”。《曾经为人的动物》，高尔基这部小说说明了这事实。虽然，我们却不忍再用一群猪在争吃一小槽糠秕的情形来比拟了。我们应当这样想象：大地乃是一个丰实的大食仓，要人吃；长江大河都是清泉，要人喝。生在这地面上的人们，凡是流汗的人们，都应该不愁饮食。然而事实却不然。事实是，有如但丁在《神曲》的《净界》中所写的，这里有一棵树，高枝上长满了好果子，但可望而不可即，又有一道清泉，却不能喝，虽然我们这些善良的同类并不像那些生前讲究吃喝的精灵似的应受这种“可望而不可即”的折磨，他们也不是第三层地狱中那些贪口腹之欲的鬼魂，然而，却同样被处罚在泥塘里，反使他们受着雨雪的濯打，而且还有叫作塞勃鲁司的三匹猛犬守在泥塘边，常常咬啮那些竟敢探耳出来的鬼魂。他们也许有罪,他们的罪是什么呢？那也许就是：他们没有结合起来，没有为了生命而去争取……

有多少人不是为了吃而忧愁，或是把忧愁和着一口粗粒同时下咽呢。但是，我又想起一个故事来了：一个皇帝，每餐的御筵上有四百八十样食品，丰盛而奇美，他每次总是用忧愁的面孔去对着那食桌，因为，太丰盛了，使他无下箸处，而且，每次又总是他一个人独享，他觉得毫无趣味。有时他下了圣旨，召某某宠妾来陪膳，不料只要是来到他面前的人就变成了奴隶，竟丝毫没有“人”的可爱处，他的忧愁真是无可如何的。然而他却绝不会想到,他的“无下箸处”却正是那些人民的“无箸可下”的原因，也正是那些人民的“可望而不可即”的原因。

吃——这永远令人发愁的把戏，是滑稽可笑的呢，还是严肃可怕的呢？是喜剧的呢，还是悲剧的呢？谁若说这是滑稽可笑的喜剧，也许会有人骂他丧心病狂；谁若说这是严肃可怕的悲剧，这悲剧为什么一定要永远地继续排演？

分担

假如你常到街上走走，你就可以看到这一类的事情：

一个人，端一盆汤，急急忙忙穿过街心。他忽然摔倒，瓦盆碎了，盆里的汤泼了满地。他急忙站起来，四顾茫茫，却并不走开。一个骑自行车的恰好到来，他忙把车子拉住，喊道："你不能走，你车子把我碰倒，你要负责！"他显得怒不可遏，甚至表现出要哭的样子。于是招来了很多看客，也招来了排难解纷的警察。双方在竭力争辩，然而毫无结果。看客们仍不明白，但大都以为那个骑车的有错，因为那个人既已摔倒，而且盆已打破，汤已泼掉，总容易赢得同情；警察也如此，且说："即使不是你有心碰他，他却是因为要躲你的车子而摔倒。"

这叫作分担。把自己的不幸叫别人分担，也不管自己的不幸是由于自己的过失或者是另有原因，也不管别人有无分担的义务。总之，要你分担。

也有过这样的故事：

丈夫同妻子，骑驴进城，路是山路，道远而崎岖。在中途，他们遇见一个匍匐而前的瞎子。丈夫说：“瞎子可怜，我们应当把驴子让他骑。”于是他们让瞎子骑。目的地近了，丈夫说：“请你下来吧，我们要进城去。”那瞎子却喊道：“驴子原是我的，你为什么叫我下来？”瞎子装作悲鸣，招来了很多路人，这些路人都同情瞎子，以为那丈夫志在讹骗。丈夫无可如何，对妻子说：“冤枉！助人反被人害了。为了避免麻烦，就把驴子让他，我们走吧。”那瞎子听了，却又喊道：“你先要骗我的驴子，现又要骗我的妻子，她本是我的，如今嫌我盲目，却被那有眼的迷惑了！”众人听了，都同情瞎子，并责备那个丈夫，原因呢，就在于瞎子是瞎子。

这也叫作分担。你分担了他的不幸，他却把你造成更不幸。你把他驮在背上，他却在你背上拉屎拉尿。他利用了他的弱点，也利用了众人的弱点，他的弱点反成了强点。

小孩子吃糖果，吃得太多了，肚子痛起来，别人说你为什么贪吃呢，他也许埋怨道：“这不怪我。应当怪那糖果的滋味甘美，而且又恰好在我可以取到的地方。”

两个小孩子打架，那打败的哭起来，他一面哭一面骂着不相干的人们：“你们为什么看我，而又批评我呢，而且也不帮助我？全是你们这些坏蛋的错！”

小事如此，大事也如此，一人之事如此，国家的事也每每如此。政治不好，怨人；军事不好，也怨人；总之，一切的过错与不幸都要别人分担，都永不自己反省，也永不自求进步。我们，大都如此，我们之中的某些人，历来如此。这样的人，永远希望别人来分担自己的重负，来分享自己的祸害，又如何能希望他去分担别人的重负，去分受别人的苦难。虽然，我们的古圣先贤之中，确也曾有人是：“思天下之民，匹夫匹妇有不被尧舜之泽者若己推而纳之沟中。”虽然，我们也赞美那自愿为众生入地狱的释迦，也赞美那为人类而被钉上十字架的耶稣，然而我们却不是这样的人，我们不肯，也不能把整个世界负在自己肩上，不抱怨，不叫苦，不左右瞬，不前后顾，庄严而坚毅地，带着人类的历史向前进。

小小的悲剧

病室中目所能及的地方完全是白色。这白色令人感到漫无涯涘，想给视线找一个驻足的地方也不能，就是寂寞的心绪也总不易摸到一个边际。

但有一天，我的视线终于停在远远的一个黑点上了。最初我不能断定这黑色的斑点是什么，反正我初来此卧病时并不曾看见这个黑点的存在，它既不会是白壁的剥蚀，也并没有任何人来把洁白的墙壁弄污。这费去了我不少的思索，到了晚间，电灯亮得刺目，我看见那黑色斑点也由于灯光的刺激而轻轻移动了起来，它升得更高了些，但并没有继续上升，它终于又停住了。第二天一个朋友来看我，他眼明手快，举起手杖就要向那黑点打去，不等他的手杖打下，就被我一声喝住了：

“不要打呀，恐怕它也是病着的！”

朋友的手杖轻轻放下，还不以为然似的说：“你看它多么丑陋啊。”我猜想他心里是多少有了一点难为情的感觉。

“不要紧，”我同他开一个小小玩笑，“你没有打它固然就很好，而且它根本也还不知道你要打它。”

我们望着那一片白色中的一个黑点，像望向远水中的一座小岛，微微地笑了。

一个晴暖的日子，一个朋友从阳光中走来看我。一进门就喊道：“为什么不把窗子开起来呢？”不等我说什么，他就扯开了那雪白的窗幕，哗啦一声把窗子打开了。猛一回首，我对着那个新天地才真是说不出的喜悦，原来我的楼窗外是一院子绿树，而且多是浓绿的松柏，那绿色一直从我的楼窗展开去，愈展愈远，愈远愈深。从前我也曾到这庭院中来过，此刻却全不记得那庭院中有几许树木，有多少花草，只以为那是一片无边的森林。虽然也有天光从那森林的枝叶间漏下，然而我却想到，这林下也许有深厚的腐叶，或积年的败草，不然也就是一地青苔。不管在这下面走着的那些人的脚步声，以及他们的笑语声，我却只神往于森林中那些雀鸟的跳掷与鸣噪。森林是丰富的，而我的情感却更丰富，于是我带了感谢的意思对那个朋友说：

“真是的，为什么从前就没有想到开窗子呢？”

我心里又暗暗思念：我们在人生中大概也就是这样，总是永久关闭在自己的小世界内，或者是根本没有窗子，或者是虽有窗子而不肯打开，一旦得一点启示，触一点灵感，忽然把窗子开了，于是豁然开朗，一片新天地得来全不费工夫了。但是为什么从前竟那样锢蔽呢？虽然难免自己嗤笑自己，却并不是无以自解：那窗子给你透透空气，照照阳光，可也同样能给你袭来风雨。在人生中，我们也是有意或无意地要避免那些风风雨雨。不过无论如何，我此刻却真是很喜欢那个窗子，那朋友临去时说把窗子再关起来吧，我说不必，看护小姐来说还是把窗子关起来吧，我说不必，而且，即便是夜里也不必关，即便是有狂风暴雨也不必关了它，我私心里这样想。

一阵兴奋之后，我有一次酣畅的昼眠，醒来已是下午四点以后了。我觉得是被一阵什么声音给吵醒的。我反转身来看那窗外的森林，那林里显得一片郁暗，我知道不但太阳已经被这一排楼房遮住，而且天空也是阴着的，且有风声在那林木间鸣啸，那些枝叶在风中战栗着，摇曳着，仿佛在招呼一阵豪雨的到来。风从窗上袭入，我感到一阵寒意，但是我不想把窗子关起，因为那林木间的一个受难者把我的注意完全吸住了。

那是一只小小的麻雀，它的嘴角还是黄色的。我猜想它能飞的日子还不很久。它由于不善飞,由于不谙世间,不幸被人捉住了，而且被人缚起来，但是它终于逃脱了它第一次的厄运，它的脚上还带着那缚它的索子就飞了起来，它自然是向树荫浓密处飞。它以为这里可以栖止，而且可以避难，不料那未能解脱的索子却又缠住了树枝，它现在想再离开这树枝是不可能了，它飞一次，飞不起，那索子反而多缠了几周，反而缠得更紧。这新的恐怖使它一刻不能停息，它愈想逃，就愈无法逃脱，虽然它偶尔也用了它的小嘴去努力啄剥索子，但总是无用。它挣扎一阵，呼噪一阵，结果是气尽力竭，便只好倒悬在那树枝上，一条腿拉得长长的，腿上的皮肤都赤红地显露了出来，仿佛那条腿就要扯断似的。风来了，它也就随着摇摆一阵，而它的小嘴是绝望地大开着，有时一开一合地在急喘，我仿佛听到了它那急喘的声音。风定了，它就用尽了力气翻起身来，于是扑扇着翅膀，挣扎着，又是一阵呼噪。

风从窗上吹到我的枕边，冷而湿，我知道暴风雨就要来了。

这茂林中原不缺少麻雀，雀鸟们对于气候的变化该是非常敏感的，随着稀落的雨滴声，更多的麻雀都回到这森林中来，它们要在这里暂观一下风声，大概非到大雨倾盆时是不肯回到巢中躲避的，而且，它们也发现了这个被缚的小麻雀，这个受难的灵魂，这个幼小的同类。它们又如何能舍开它，又如何能飞去不顾呢！多少只麻雀都聚在这一棵树上，它们跳掷上下，它们左顾右盼，它们翘首振翼，它们呼噪不已，它们在那受难者的旁边作轻轻试探，终于有的去啄那树枝，有的去啄那树叶，甚至有的去啄那树枝上的索子，去啄那小腿上的纠结，然而一切都是徒然，一切都归失败。风吹得更猛烈，雨点也打得更繁重了，我正在凝视，正在为那受难者担忧，为那些欲救其同类而不能的小鸟们着急，忽然一阵呼噪，那些麻雀都一惊而散了，我看见一根粗重的竹竿从树下举了上来，那破裂的竹竿尖在那小麻雀的前后左右急速地摇摆，然而想捉住那系着的索子却很不容易。那树下发出一片欢笑声，又一阵催促声，几个人齐声喊道：“赶快赶快，大雨就来了，连树枝一齐拧下来！”果然那劈裂的竹竿尖就开始攫取那些树枝，那竹竿尖咬住了树枝，左拧右拧，终于咔嚓一声，断了，竹竿，树枝，缚着的麻雀，都一齐隐没了下去，不见了，紧接着是一片欢笑，紧接着是一阵大风，大雨也紧跟着倾了下来，除了风声雨声，啸作一片，此外什么也不见了。

“你终于获救了。”我舒了一口气，这才感到了自己的疲乏，窗子自然不去关，窗外的风雨也不要看，便放平了身体静息着。在静息中，我却又想起了前些天的一件小事。

那时我还没有病，我住在家里，有一天，忽然一个朋友急急忙忙跑了来，仿佛跑得气也喘不出，进门来就说：

“刚才正在家里午睡，睡得好好的，被一只麻雀给吵醒了。活该它倒霉，我的门窗都是关着的，它不知什么时候飞了进来，想再飞出既不可能，便在我的小屋子里撞来撞去地乱飞，它跌在了我的枕边，叫着闹着，终于被我一把捉住了。”

他一面说着，便把一个小小的手巾包给我看，我看见那手巾包中有东西在乱动，我并没有伸手去接它。那朋友就说：

“你看怎么办呢？我捉了它，它却把我难倒了，我踌躇了很久，才决定把它送给你，因为你可以给你的小孩作玩物。”

“一撒手他就飞上天了。”我还不曾这么说，他就把这热烘烘的小麻雀放在了我的手掌中，他还催促我赶快找一个东西把它装起来，免得它再飞掉。我一时束手无策，不知如何是好，便顺手从墙上把孩子的宽边大草帽摘了下来，把麻雀放在椅子上，猛然用草帽盖上了。那朋友看我盖好了，还担心地问一句：“怎样，不会跑掉吧？”仔细看过帽子之后，才又匆匆地辞去。他去后不久，我那上学的孩子也就被妈妈接了回来。孩子一进门就看见了大草帽，喊道：“是谁呀，把我的草帽丢在这里？”草帽被拿起来，小麻雀倏地飞去了，飞到天上不见了，孩子呆望着蓝天，莫名其妙，经我说明之后，妈妈又提起了曾经讲过的小鸟被捉的故事，孩子听了哈哈大笑，虽然并不出门，却把大草帽戴在头上走来走去，觉得好玩极了。

这地方的天气变得真快，本是晴天，顷刻之间便会大雨如注，而雨过之后也会立刻放晴。这时窗外的风雨也已经停了，林子里，屋子里，渐渐地明亮了起来，树叶上明晶晶的，还有雨珠在叶尖上垂着，或者静静地滴着。下面又有脚步声，而树上也有了鸟喧声。有很多麻雀又聚在那棵树上，还在上下跳掷，鸣啭不已，似在寻觅那受难者的踪迹。假如我能鸟语，能把那受难者被人类解放了的消息告诉它们就好了——我正在这样想着，觉得好笑，却忽然听到下面庭院中有追逐呼噪的声音，仿佛一个大孩子带了近于啼哭的声音喊道：“原是关好了的，不知怎么那笼门一开，它又跑了！”接着又是一阵紧急的追逐呼噪声，又是一阵杂乱的欢笑声，其中有个大人叫着：“好了好了，给你捉住了！”还说些什么切莫再开笼门的话，我心里一惊，忽然从床上坐了起来，几乎就要立刻走向窗边去的样子，而恰当此时，查病房的看护进来了，她瞪大了眼睛，又像在责斥一个小孩似的喝道：

“怎么，又要乱动，不听大夫的话，病如何能好呢？还不赶快躺下！”

我自然是乖乖地躺下了，而且故意地闭了眼睛，不再理她，她轻轻地给我关好了窗户，退出去了。

从此以后，我每天早晨醒来总是叫人把窗子打开，我时时刻刻在对那一片林子幻想，而我的视线又总爱停在那一段被拧断了的树枝上，我总难忘记那只缠在树上的小麻雀，它曾在那里悬着、转着、飞着、扑着，苦苦地呼号着。别的麻雀们也还照常到这里来聚会，尤其是黎明与黄昏，它们总是在这里唱着闹着，摇头摆脑，纷纷议论。

几天来我的心思总在窗外那一片林子里跑，窗子里的白墙，白墙上的黑点，都几乎被我忘记了，虽然我明明知道，白墙上那黑点还依然存在。我的病大致已经痊愈，择一个晴和的日子我决定从这个笼子里飞去，我终于获得了医生的许可。虽然窗子外边是浓郁的树林，可是太阳的温暖我也亲切地感觉得到，屋子里非常明亮，更叫人想到外面世界的美好，家里给我准备好了一切，我从床上起来，先在窗前张望一番，又在屋里走了几转，我走到那个黑点下面，我看见它在慢慢地蠕动，它的锦绣一般敷了一层灰粉的翅子在试探着飞行的姿势，两道弯弯的细眉在轻轻地摆动。我静默一回，鼓足力量仰面吹送它一口气，它居然飘飘地从窗口飞去了。

附录：

自己的事情

半年以前，张某某先生曾来信要我给《人物杂志》写点文章，他给我出的题目是《自传之一章》。我当时回信答应了，过后想想，却觉得非常困难。第一，我一直过的是平凡生活，似乎无事可写。第二，我记性极坏，即连平凡的事件也大都忘记了，觉得无从写起。而且，“自传”两个字似乎有点严重，我以为自己并不配写什么“自传”之类，即使是“之一章”也不行。但既已答应了，便不能不写，时间拖得太久了，再不交卷，真对不起张先生，只好拉拉杂杂写一点，名之曰：《自己的事情》。

我出生于北方乡村农家。父亲识字很少，年轻时候做过木匠，中年以后完全业农。母亲不识字，除操持家事外，农忙时也到田间工作。他们终年忙碌，极少闲暇，非至农事十分紧急时，绝不雇用短工帮忙。他们都是典型的北方农民：忠厚，朴讷，勤劳，节俭，有病不请医生，受欺不敢反抗，除非喜庆丧亡，乡党邻里都很少来往。自给自足，与世无争，这是他们的生活理想。我生活在这样的家庭里，受了这样的教养，直到现在，我性格中某些部分，生活中某些倾向，也还保留了从家庭教育中所接受下来的一些影响。

我在家庭中曾跟祖父读过《百家姓》,在乡塾中读过《三字经》和《弟子规》，挨过打，也逃过学，虽然这一段的教育时期非常短暂，但在幼稚的心灵上，也留了不少的伤痛，觉得读书是一件非常可怕的事。废除私塾后，乡村中成立了初级小学。入了小学以后，虽然开始感到一些学习的快乐，然而新的痛苦却又跟着来了。父亲母亲都是不赞成儿子读书的，即读书，只要能记姓名、识账目就够了，何必多读，而农田中的工作实在是需人的，与其让儿子去读什么“山水田，狗牛羊”，还不如叫他去拔草拾粪更有用些。能够继续读小学还是我自己争取的结果。在小学中，每买一次新书，为了向家里要钱，必须大哭一场。至于买文具，那就更困难了。我清楚地记得：要买石笔（那时候是用石笔在石板上写字的），父亲不准，于是只好到学校里扫出来的垃圾堆上去捡拾人家的余屑，这不但妨碍了学习，与其他同学相较，心里的委屈也实在太大，一种处处不如人的感觉，使我在群体中常常低首下心，这自然也影响了我后来的生活态度。初小毕业了，不准升高小，高小毕业了，又不准升中学。这期间，我有一个机会要被迫去学商，至于学农，在家庭看来那更是本分，因为那时候我已经是一个相当可观的小农人了。凡农家工作，除体力所不能及者外，我都能做。无如我的兴趣却还在于读书，大概我的先生们看我的性格和天资也近于读书，于是一再帮助我向父亲请求，结果是允许我到县城去读师范讲习所，而不准我到省城去读中学，因为县城比省城近，师范讲习所比中学年限短，早毕业，可以做小学教员，家庭也早些得到帮助，总之，完全是经济观点。讲习所应当两年毕业，我读过一年半，便被一个县立小学聘去做教员，这在家庭看来自然是一件喜事，然而我只教了半年便不干了，因为我得了报酬，有了路费，趁暑假之便，自己跑到省城考升学去了。这一时期，我颇读了一些课外的书刊，只记得梁漱溟先生的《孔颜乐处》是当时最喜欢的一种，这大概是在高小读书时受了那位国文老师的影响，那位国文老师是一个理学家，他主张敦品励行，而不大重视破碎的知识，他推崇儒家，特别是周程张朱和王阳明诸人，但这时候由于新文学运动的普遍展开，我对于文学的爱好已渐渐地开始了。

到省城去升学，既未得到家庭的同意，自然也不能得到家庭的帮助，以当时家境而论，家庭也无力供给一个中学生，而省立师范学校是公费待遇，我又模糊地觉得自己将来宜于从事教育工作，于是投考的是省立师范。不料在这里却又遇到了那位理学先生，他恰巧又来教我的国文了。他确是一个很好的教师，他的忠诚俭朴，尤其给青年人以很好的影响，然而他也有极大的缺点，那就是反对科学与蔑视文学，他说科学知识都是外在的，非性命中根本事物，故不重要，而文学又是感情的事物，是玩物丧志之类的东西，当然更看不起，他认为人生应先立乎其大者。这两者对于我都发生了坏的影响：我直觉地相信，我对于科学是有相当兴趣的，尤其是生物学，从天资方面看，我相信文学与我尤其接近，然而由于这位教师的长期教导，科学与文学两方面的兴趣都被压抑了，我的工夫都用在克己反省上，而且除了儒家以外，这时候还添了一点佛家的影响，这两种教育都是叫人向内的，收敛的，然而那时候正当青年时期，生命力正该向外发扬，我用力愈甚，痛苦愈深，终于酿成了一场大病。病愈之后，我仿佛刚刚蜕变出来的蛾子一般，觉得轻松愉快，而且觉悟到：青年人本是纯洁的，实在用不到那一套修养工夫，与其那样无故地克制自己，反不如放任自己更合理些。这以后才把兴趣转移到文学方面来了。当时正是新文学运动最蓬勃的时期，以社团而论，有语丝社、创造社、沉钟社、狂飙社等，他们的出版物都是青年人所最欢迎的，当时翻译的旧俄与苏俄的作品，尤其是青年人最好的精神营养。由于新文学的接触，也渐渐地接触了新思想，虽然那时对于政治并无多大认识，但只凭了一种前进的热情，就加入一种青年组织。大概也正因为认识不够，终于不能持久，而又误认为文学与革命是不能和谐的，于是以此为由，退出了组织，当时的领导人曾告诉我：即是文学，也有革命的文学和不革命的文学，要能做一个革命的文学者，就可以消除这种矛盾的痛苦了。这样的劝告，是直等到多少年以后才真正了解了的。

这以后，便专心于文学的阅读和习作了。不但为自己阅读方便，更为了多数人的方便，朋友们组织了书报介绍社，由京沪各地赊购大批新书，卖出之后再续购新书，书由自己选择，可谓方便已极。当时的政治情形是极其恶劣的，地下的革命工作也积极展开，因此邮电检查非常严格，我们所购新书中有《文学与革命》若干册，书未到手，我就被捕入狱了。在狱月余，受尽苦刑，北伐军打到省城我才得到自由。出狱之后我回到家乡，知道由于我的不幸而连累了家庭。我在家里并未久住，便跑到一个偏僻的小城去教小学，半年之后我又到一个较大的县城去教一个师范附小，再半年以后就到北平考入了北大。这时候才有机会发表了我的第一篇文章，内容是写狱中生活的，发表于“未名”半月刊的终刊号上。

为了从事创作，在大学里我入的是外文系，因之颇受了西方的尤其是浪漫派、颓废派、象征派之类的影响，又因为自己的思想方面找不到道路，对于现实世界是越来越脱节了，只是过着一种小圈子主义的生活，朋友少，趣味狭，所读的书也只属于极狭隘的某一小范围，对于鲁迅的小说虽也喜欢，但受影响最大的还是周作人一派所提倡的散文小品。我先是写诗，在中学时代已写了很多，订了若干小册，这时才开始发表诗，后来一连若干年所写的却都是散文小品。诗的内容是空虚的哀伤，散文的内容多是故乡童年的回忆或身边琐事。对于这些东西，当然不自满足，但确乎仿佛有了自己的小天地，因此也就忘了外面的大天地，当我关在书房里捉摸自己的情感和文字时，外面的暴风雨却正在进行着。一次偶然的事件，我竟然又遭了一次缧绁之苦，正如一片小树叶偶然地被卷入了风暴之中一样，这正好说明了时代的性质，和我自己存在的性质。九一八事变当然给了自己一些摇撼，而左翼作家联盟的成立，竟对我毫无影响，至于其他就更不必提了，整个大学生活，我都在练习写作中度过，大学毕业的一年，也正是我那些贫血的作品开始陆续出版的一年。

离开了大学，去做一个中学国文教员，我的理想只是认真教书，努力写作，最好能每年有新书出版。而两年之后，抗日战争就爆发了。由于抗战，这才打破了小圈子生活；由于抗战，我才重建了新的生活态度。抗战前期，我带了学生流亡，在长途跋涉中，看到了政治的败坏，人民的痛苦，而青年的进步之快简直令人惊讶，这时候已经不是先生领导学生，实际上是学生领导先生了。以后在大后方安定下来，虽然还是过学校生活，但一切也完全变了，学生们在校外展开救亡工作，在校内也展开了学习运动，思想斗争更是日趋尖锐化。在工作中，我感到了无上的快乐，因为我同青年人紧紧地结合在一起，我们共同生活，把流亡学校造成了一个战斗的堡垒，这时候，对于政治问题，才有了更进一步的认识，对于文学，也确定了新的观点。终由于一次逆流的袭击，先是教员被解聘，——我也是其中的一个，以后是学生被迫害，结局是学校被解散。幸得有一个偶然的机会，我到了大后方昆明，在西南联大继续教书生活。在这里，我接触了更多的青年朋友，我从青年人身上得到力量，得到支持，虽然生活艰苦，工作的精神，却是奋发的。以后是"一二·一"惨案、李闻惨案，尤其是闻先生的死，使我了解了更多的事实，也确定了更大的信念。

我对于教育工作、文学工作是从不厌倦的，我愿意终生献身于此。在过去多少年来的教育工作上，我相信我不曾发生过坏影响，但我的文学工作却是失败了的，想想过去出版的那些东西，只是叫人脸红。复员两年以来，可以说毫无创作可言，我的兴趣完全转到批评方面来了。我认为今天应当建立一种严正的文学批评，以配合今天的政治文化工作。关于这一方面，我只觉得应该做，却常常感到没有能力去做。创作的愿望也并未放弃，但须有新的生活，不然恐亦只是白费。

我对于自己的缺点相当清楚：由于过分稳重，往往显得懦弱或迟缓，因之主观的动力不够强，而被动的成分则较多，这是妨碍我进步的最大原因，这原因往往叫我想到我幼年时的家庭生活。我的性格是容易和人接近的，我的忠恳也容易使我和别人发生较深的联系，然而这里也同样有我的弱点，就是往往无限制地敞开自己的心和自己的口，也就容易为坏人所乘隙，我以为这也许是农民性格之部分的遗留。明白弱点，便是克服弱点的开始，今天我已经知道何以自处。四十年的岁月不为不长，然而一个人的进步竟是那么困难，那么迟缓的。好在我还没有衰老之感，相反，我还常常觉得年轻，有时甚至感到幼稚，凭了这一点，我相信我还不会止步，何况我还有那么多年轻的伙伴随时给我以鼓舞和督促。

介绍中华小学

——一个有理想有办法有成绩的小学校

从元旦起，至三日止，私立中华小学举行各科教学展览，并于一日晚间举行舞蹈歌咏游艺大会，欢迎各界人士及学生家长们到校参观。我看过了他们的游艺和展览之后，觉得有很多话要说，也许正因为要说的话太多了，反而不知从何说起。我这几天一连去参观过几次，最后一次临到要退出学校大门时，才发觉我在参观中竟然忽略了他们所贴的对联。这些对联都编得很有意思，其中有一联写道：

先生是学生，学生是先生，这学校为什么师友弟子都不分？

社会即学校，学校即社会，此地方怎么会大孩小孩混一起？

我很喜欢这副对联。而这副对联也就给我所要说的话引出了一个端绪。

我现在就按这副对联中所说，尽我所看到听到的，来介绍这个有理想，有办法，而且确已有了成绩的小学校。

“学而不厌，诲人不倦”，这可以说是我们从事教育工作者的两句格言。记得梁启超先生曾经把这两句话序成了一个因果的说明：只有学而不厌的人，才能诲人不倦，而真正诲人不倦者才有学而不厌的精神。“先生是学生”，我觉得中华小学的老师们确乎做到了这一点。这些青年老师们一面在努力地教，同时也在努力地学，而他们学习的范围又非常广阔。他们不但个别地学习，而且集体地学习，他们有“同仁进修会”的组织，举凡研究、讨论、写作、批判等工作，都是像一群小学生那样热心地去进行，而关于学校的行政，以及教学的改进等方面尤其注意。为了收到即知即行的效果，他们每天早晨在未上课之前照例举行一次早会，先生们轮流做主席，一面检讨昨天的得失，一面决定当天的新工作。为了教学生们随时发表自己的意见，并练习写作，互相观摩，他们领导各班学生出版壁报，而且这些壁报中，也有老师们自己的壁报，老师们的壁报就叫作《大孩子》。无疑地，这“大孩子”的壁报在小孩子们的壁报中起着领导作用，而这也就是这些“大孩子”们学习、进修的园地。在最近一期的《大孩子》刊头语中更可以看出老师们的学习精神。编者说：“我们从教中学，从学中教，今天自己没有进步，明天就不能教书，老师与学生都会失去了生命力。”老师们不但从教中学，从学中教，而且同小孩子们共同学习，共同进修，不但在学识方面，而且在行为方面，老师以身作则，诚恳地接受学生们的批评，这尤其令人钦佩。在他们自己为五六年级所编的国文教材中，在一篇题作《怎样才能消灭打骂的怪现象》中有两段说：

“有许多老师只晓得骂人，而且打人！这种打骂学生的老师把学校变成阎王庙，弄得学生缩手缩脚，呆头呆脑，这种横行霸道的行为，是应该为千百万个孩子所唾弃的。

“今天，我们和孩子们共同发起不挨骂运动，并且提示不挨骂的保证，作为互相要求，互相督促进步的法子。……假如老师写的黑板字太潦草，在街上吃零食，常常板起凶鬼的面孔，常常摆着主人对奴隶的态度，……老师就应该为学生所责骂，而且就要服服帖帖地接受处罚。同学们也这样来共守不受骂的要求，只有师生能执法、守法，才能做到共学，才能求进。”

而这样的教材，又是和实际上的“不挨骂运动”相配合的，这不只是一篇文章，而是一章约法，在这里，先生真和学生一样，在这里，才真正做到了“教学做合一”。这也正如他们的“国语运动”，老师们甚至故意犯规，故意于运动开始时当众说几句云南土话，以便接受学生们的处罚，而有效地推动这个运动。这样做，也许有人担心学生会不恭敬老师，其实恰恰相反，正因为先生和学生一样，学生才更恭敬老师，而且这种恭敬发生于真爱，而非发生于畏惧。从前，听说学校里因为太穷，不能雇用工人，不但学生们照例劳动服务，老师们也参加服务，并须兼做工友，管着扫地和摇铃。现在不知是否仍旧这样，这种精神实在难能可贵，我们却但愿不再这样，因为这未免太忙碌，太辛苦了。

从“学生是先生”一方面说，学生不但可以批评先生，而且可以批评学校，学生与学生之间，也可以在周会或检讨会上互相批评，自然，这些都是由于师生同学间已建立了一种敬爱的情感，而且有一种自发的纪律作为基础的。在功课方面，他们久已在实行着“小先生制”，每年级的优秀学生，都是这一级的小先生，他们不但在班上帮助老师进行教学，在下课以后，同学中间有了疑难问题也都是先由小先生解答，小先生不能解答者才去问老师，这种办法，在国语常识和算术教学中，尤见效果，有时小先生可以自己出题目，推动班上的学习，至于课余工作，小先生尽力的地方尤多，譬如歌咏跳舞等，小先生都可以代替老师们做指挥或领导。

“先生是学生，学生是先生”，于是师生间乃持有最深的了解。在这一次的教学展览中，有几位先生特别写出了对学生的观感，对一班中每个小学生都有详细的描写，都有切实的批评，而且借了历届的“家庭访问”，老师们也都深切地了解了学生的家庭，这对于教导和管理方面都有极大的方便。而且为了每个老师都认识全校各班的情形，老师们还时常交换班次。

老师和学生这样地共同学习，不只限于书本，也不只限于校内，所谓“社会即学校”，也并不只是一句空话，或一个口号，在种种的困难情形下，他们确乎向社会学习。譬如为了配合教材中的知识，老师们常领学生到校外参观，教本中讲到医院时，便参观医院；教本中讲到纺织时，便参观纱厂。他们在教学中特设时事一课，并且有时事讨论会，他们所讨论的不但是自己小社会的时事，并且及于国家大事，及于世界的大事。听说某一班里曾经有过这样的事：学生本来都是不满十岁的小娃娃，而这一班的班长却又恰好选了一个年纪最小的，这小小班长因为不善于处理大家的事情，有时就难免受到其他同学的攻击，他因为在时事课上知道了美国的总统是定期改选的，而罗斯福总统又是再三连任的，于是他在周会上提出："我们的班长也应该像美国的总统罗斯福一样，要定期改选，我愿意两个星期改选一次，现在大家既然不满意我，那么现在就改选！"这在大人们看来也许极其平常，然而竟出诸六七岁的孩子之口，就不能不算是件可喜的事。所谓政治训练，尤其是民主政治的运用，在这里也就算有了一些影子。这种以社会为学校的教育，在他们自编的国语教材中有不少的佳例，诸如为实验班所编的试用教材第二册中有这样的歌子：

走呀走

走呀走，
走呀走，
走到光华街，
光华街上什么多？
光华街上书店多。

昆明市

昆明市，

有汽车，
还有马车人力车，
有人坐汽车，
有人坐马车，
有人拉着人力车，
有人只有两脚车。

前一课很可以引起小孩们对于书店的注意，对于书本的注意，后一课就揭示出一个社会问题，而这些都是学生眼前的现象，自然感到亲切而有味。

从学校“即社会”一方面说，在中华小学的各种活动上更有最好的表现。学校里有学生自治会的组织，大会之下有干事会，以下分总务股、学术股、纪律股，每股设若干组，这里最重要的是学术股，股以下有读书组、时事组、绘画组、音乐组、自然科学组、体育组、戏剧舞蹈组、文学组。全校学生都必须按照自己性之所近加入几组，每组都在竞争中努力工作，这一次的展览会与游艺会中所见的，也就都是他们平时各组所得的成绩。自治会的负责人完全是用直接选举产生的，学校里准许候选人于大选前做大选竞争，可以用种种方法如演说等表现自己的理想与做法。此外还有儿童法庭的组织，凡是犯了特殊过失或屡教不改的学生，都不由学校处罚，而由儿童法庭当众处理，在开庭时可以尽量辩论，至辩无可辩时便算完结，处罚的方法则多是团体制裁，主要的在于使犯过者知道羞耻，并知道集体生活之重要与可爱。学校里除有各种壁报外，还有一个新闻处，每天用黑板出一次《中华报》，一面登载学校里的各种消息，一面暗示一些鼓励或惩罚的意思，学生们养成了注意这块黑板报的习惯，就如同公民们天天看报，天天注意各方面的政治活动和社会现象一样。

从以上这几点来看，我们可以看出这个小学校的根本精神，这种精神不是别的，正是我们所需要的“民主”。他们师生同学间之所以能建立一种敬爱的感情，而且有一种自发的纪律者，亦全由于此。假如只就这一个学校本身而论，也许还并不感到什么可贵，然而如果作比较观，看看那些以学生为奴隶，视国定课本如圣经，老师只知打骂，只知命令，学生只知啃书，只知服从，甚至有些受了特殊训练的老师们只一味把些奇怪腐烂思想硬硬地压入孩子们的头脑中，以那样的学校来比这个小学校，这个小学校的价值也就自然可见，然而，可哀处却正是那样的坏学校太多了！正因为这个小学校的根本精神是民主的，所以老师可以自由地教，学生可以自由地学，老师可以创造地教，学生可以创造地学，是自由的，而非强迫的，是创造的，而非因袭的，正因为如此，所以才能展开种种运动，如国语运动、铁木儿运动、剪长发运动、禁装饰运动、打倒少爷小姐运动。正因为如此，学生们才能各尽其才，自由发展，这在作文、歌唱、绘画各方面的天才之发现上，以及一般学习水准之提高上，尤其显著。因为如此，生活各方面都配合起来。就如实验班的国语教材中有《摇呀摇》一课：

摇呀摇，

摇到中华小学校，

学校有个万校长，

又爱谈天，

又爱笑。

这样的教材所产生的效果是很明白的：孩子们都认识了万校长，见万校长就一齐拍手欢唱，所引起的完全是爱和快乐的情绪，这比只喊“拥护”和“服从”好多了。又如一课《大少爷》：

大少爷，大懒蛇，

走路要人背，

出门要坐车，

读书不努力，

逃学骗爸爸。

这是为了配合“打倒少爷小姐运动”而编的。又有一课题作《小猫》的：

小猫你们不要闹，

野狼跑来了，

它是要来吃你们，

你们快和好，

要是自己打自己，力量就减少，

大家快快团结起，不要妙妙妙！

这就是中国政治上的团结问题的说明，这是多么新鲜，多么活泼，又多么现实；因为他们一切都注意自由与创造，所以像算术这种为多数小孩最畏惧的功课，他们也教得最好，学得最好，就在这一次教学展览中，他们就辟了一个算术教学展览室，这里有学生们的真实成绩，有老师们教学的种种花样，譬如：算术玩具教学、与生活结合教学、算术游戏教学、算术比赛教学、音乐节奏教学、小先生制教学、算术故事教学。他们尤其特别注意的是心算，每天上算术课时都先做心算练习，为了叫学生能随时应用，又常常叫学生自己出题，自己解答。

在这样的学校里，有这样的教学作风，而且，这里的老师们又大部分是专门人才，譬如他们有儿童文学家，有音乐家，有画家，有舞蹈家，……在学生中自然也就造就很多特殊优异的儿童，这些特殊优异的儿童在这一次的展览会与游艺会中都充分地表现了他们的成绩。在学校所贴的对联中，有一联的上句说："不论好好歹歹，好在是孩子们的创造……"诚然，这话毫不夸张，不过这所谓"孩子们的创造"者，却不应该只指"小孩子"而言，而应当连"大孩子"也算在里边，因为先有了"大孩子"的创造精神，创造了可以创造的环境，创造了可以创造的条件，然后"小孩子"们才能创造；不然，老师们只是压迫学生，愚弄学生，像实施愚民政策一样，也实施愚民教育，自己又只是开倒车，不进步，学生又如何能进步，又如何能创造呢？这样的教育，慢说学生中没有好学生，即使有，也将完全变成奴才，变成糊涂虫了！

然而，像这样的学校，在人力方面，可以说尽到十二分了，然而在物质方面，恐怕连二分也不够，因为是私立学校，因为没有经费，各方面的设备都相当欠缺，只就这一次展览会中所见，自然科学教学展览室中只是几块石头、两只鸽子、一个小鱼缸……无疑地，这一定使各位老师们感到困难。然而更困难的还是老师们的生活，抗战以来，从事教育工作的人都很困苦，而教小学的尤其苦，至于私立小学那就更不如公立小学。在我们这个国度里，有理想的人不见得有实现理想的条件，而有了实现理想的条件的人又不见得有理想，有的人用了最少的钱办了最多的事而且是最好的事，但也有人用了最多的钱办了最少的事，而这最少的事还不见得是好事，至于用了最多的来自人民的钱，却做了最多的有害于人民的事，也往往有。这样不合理的现象之所以存在，它的原因是很明白的，要扫除这种现象的努力方针也是很容易指出的，而有人肯于为了理想而吃苦，为了更大的目标而先从小处做起，就如办一个充满了自由与创造的民主的小学校，也正是和整个国家人民所应努力的方针是一致的。

谈幼稚

首先，我要告诉你：真正的幼稚并不坏，当然也并不可笑。

我有一个小女孩，今年六岁了，她当然是幼稚的。没有小朋友，寂寞得难耐，她常常站在庭院中对檐上的小鸟招呼：

小鸟，小鸟，

你下来跟我玩吧，

你下来跟我玩吧，

我有小米给你吃，

我有清水给你喝，

我不打你，我爱你。

有时候自己玩得高兴，忽然碰在桌角上，把头碰痛了，哭起来，妈妈看见，就装出生气的样子，骂道："桌子，坏东西，好好地为什么碰宝宝？打打打，非打死你这坏桌子不行！"一面说着就动手打桌子，孩子不但不再哭，而且笑起来，她跑到我书房里拿了手杖来，原来是要帮妈妈打桌子。有时玩得不耐烦了，她就对她的布妹妹生气，生一阵气，却又悄悄地和布妹妹讲起故事来了。有一次，她忽然问我："大海是什么人掘成的？"我回答她不是什么人掘成的，她却又问："那么为什么会有大海呢？"这问题却叫我一时回答不出来了。这些事当然都很幼稚，你也许觉得好笑吧，可是我们从来不笑她，只是觉得这幼稚天真可爱。我近来忽然想起在云南时所记的民谣，在一堆乱糟糟的记录中忽然发现这样的两句：

太阳尽向西方落，

不知落了几大堆。

这真是好笑极了，傻里傻气，莫名其妙，然而天真自然，富于想象，也是非常可喜的。其实，最好的文艺作品也正是这样，或者说也正与此相近。

总之，真正的幼稚不是病，也并不可怕，一个刚刚开始写作的人尤其不必担心自己的幼稚。可怕的是不该幼稚的时候还是幼稚，或应当幼稚的时候反而并不幼稚。前者如大人之装小孩，后者则如小孩之装老大。从前人学做文章，或做古文，或做八股，动不动就是人生在世，必须如何如何，开口曰忠孝，闭口曰仁义，这看起来多么正大，多么老成，这或者可以说不幼稚了吧，其实这正是一种可怕的“幼稚”，这不但可怕，而且可厌，因为这样的作文正如同说谎是一样的，不然，也许和说谎不尽相同，因为说谎的人是自己明明不信而故意说假话，骗人去信他。至于这样的作文则是自己根本不懂，自己既无思想，又无感觉，不过被迫学舌而已，这远不如小孩子哭着闹着地要糖吃为可爱，因为小孩子真知道糖的滋味，他的需要使他哭哭闹闹地提出要求，这是自然的，真实的，就如我们因为有某种理想或希望而非用文字表现出来不可是一样的。

所以，我劝你最好不要想到什么幼稚不幼稚，只要真切地把你所想所感写出来就行了，所谓“修辞立其诚”，也就是说真话要说得好的意思。就像小孩子那样，不怕别人笑，更没有疑惑自己所见所知是否真实。所不同者，是小孩子的言行往往是直觉的，无意识的，小孩子说话也不大想到恰当不恰当，至如作文，则不能不加修饰，但修饰的意义是加强真实的力量，假如因修饰不当反而有损于真实，那就弄巧成拙，欲美反丑，一般人所说的“幼稚可怕”，也往往是指这种情形而言，所以修饰的极限还是立诚。其次，我想顺便和你谈谈想象的问题。写文章当然需要想象，但一般人以为想象就是凭空想却是错误的。假如我现在对你说：想象生于诚，生于真实，你也许觉得很奇怪吧。不必奇怪，事实正是如此。一个人应当永久保持自己的天真。一个天真无邪的人，就是一个真诚的人。只有这样，他才可以有很好的想象，他才可以发扬他自己的想象。以知识作基数，以大人的想象和小孩子的想象相比，大人恐怕不如小孩，因为小孩是幼稚的，是诚实的。孟子说：“大人者不失其赤子之心者也。”而另一个哲人却说：“词人者不失其赤子之心者也。”这话实在很有意思。而那些一开始就学着说谎话，唯恐自己幼稚而所作者不过是古文八股之类，才真是毫无想象可言。美丽远大的想象生于真诚，浮词滥调生于说胡话，生于不知所云。心中无理强说理，虽曰“强词夺理”，然而强词又岂真能夺理，没有悲哀的假哭，与并无喜悦的假笑，都是一样令人痛恶的东西。

而且，凡是幼稚的，都是新鲜柔嫩的，都是美好的，也都是富有希望的。这也正如草木之萌芽，虽然是小小的萌芽，它岂不包含了一个有把握的未来世界，它岂不包含了无限葱茏，包含了一些蓊郁的枝叶，或一树繁花与累累的果实？问题只有一个，就是：你应当如何培养你的幼稚，叫它自然生长，而绝不去斫伤它，叫它虚伪地扩张。

以上这些话，都是特别对你个人说的，若别人看了也可能笑我幼稚，然而我只是对你说些实话罢了。但愿你喜欢我这些话，不再怕幼稚，而且把你的习作给我看看，我看过之后也一定会老老实实告诉你些意见的。

——选自《文艺书简》

谈散文（一）

散文的特点就是“散”。

“散”字的解释很多。以散漫、散乱、闲散、松散，等等，都是散，究竟哪一个是散文的散呢？很难说。也许合起这许多意思来就恰到好处，因为从这些字义上看，是既可以见出散文的长处，也可以见出散文的短处。它的长处大概在于自然有致，而无矜持的痕迹，它的短处却常常在于东拉西扯，没有完整的体势。自然，这都是比较的看法，尤其是把散文和诗歌小说互相比较的时候显得更清楚些。

以散文与小说相比较，我们可以看出以下几点：

小说中或有故事，或无故事，但必有中心人物；散文中或有故事，或无故事，却不必一定有中心人物。

小说宜作客观的描写，即使是第一人称的小说，那写法也还是比较客观的；散文则宜于作主观的抒写，即便是写客观的事物，也每带主观的看法。

小说以人物行动为主，其人物之思想、情感、性格等，都是在行动中表现出来，即使偶然描写一些自然景物，也还是为了人物的行动；散文则不必以人物行动为主，只写一个情节，一段心情，一片风景，也可以成为一篇很好的散文。

小说须全作具体描写，即使是议论，是感想，或是一种观念的陈述，也必须纳入具体的描写之中；散文则可以作抽象的言论，如说明一种思想，一种感情，一种论断等。

以散文与诗相比较，我们又可以看出以下几点：

诗须简练，用最少的语言，说最多的事物；散文则无妨铺张，在铺张之中，顶多也只能作委曲婉转的叙述。

诗的语言以含蓄暗示为主，诗人所言，有时难免恍兮惚兮；散文则常常显豁，一五一十地摆在眼前，令人如闻如见。

诗人可以夸张，夸张了，还令人并不觉得是夸张；散文则常常是老实朴素，令人感到日用家常。

诗可以借重音乐的节奏，音乐的节奏又是和那内容不可分的；散文则用说话的节奏，偶然也有音乐的节奏，但如有意地运用，或用得太多，反而觉得不对。

从以上这些比较的看法，我们可以得出以下的结论，就是：

散文的语言，以清楚、明畅、自然有致为其本来面目，散文的结构，也以平铺直叙、自然发展为主，其所以如此者，正因为散文以处理主观的事物为较适宜，或对于客观的事物亦往往以主观态度处理之的缘故。写散文，实在很近于自己在心里说自家事，或对着自己人说人家的事情一样，常是随随便便，并不怎么装模作样。

但这些话也还是相对的，因为散文之中有偏重描写的，有时就近于小说，又有偏重说明的，有时就近于理论，又有偏重抒情的，有时也就近于诗了。

绝对的话是没有方法说的。我们还是再打一个比喻吧：如把一个“散”字作为散文的特点，那么就应当给小说一个“严”字，而诗则给它一个“圆”字。如把散文比作行云流水，那么小说就是精心结构的建筑，而诗则为浑然无迹的明珠。

说散文是“散”的，然而既已成为“文”，而且假如是一篇很好的散文，它也绝不应当是“散漫”或“散乱”，而同样地，也应当像一座建筑，像一颗明珠。

谈散文（二）

来信收到很久了，未能早日奉复，非常抱歉。你问我“散文怎样写”，我想了几次，都想不出个所以然来，因为我虽然也学着写过散文，但一直还是不知道应该怎样写，这大概也就是我迟迟未能回信的原因。从前也有人向我提过这样的问题，此刻已经记不清是怎么回答的了，我所记得的一点，是我曾经用了“王顾左右而言他”的办法，引用了一回比喻就挡了过去。从这个简单的比喻中，也许可以体会到散文的写法吧，所以我也同样地向你再说一遍。

我以为以诗与小说来和散文相比，也许更容易见出散文的特点。假如各用一个字来说明，那就是：诗必须圆，小说必须严，而散文则比较散。若用比喻来说，那就是：诗必须像一颗珍珠那么圆满，那么完整。它以光泽为其生命，然而它的光泽却是含蓄的，深厚的，正因为它像一颗珍珠，是久经岁月，经过无数次凝练与磨洗而形成的；小说就像一座建筑，无论大小，它必须结构严密，配合紧凑，它可能有千门万户，深宅大院，其中又有无数人事陈设，然而一切都收敛在这个建筑之内，就连一所花园，一条小径，都必须有来处，有去处，有条不紊，秩序井然。至于散文，我以为它很像一条河流，它顺了壑谷，避了丘陵，凡可以流处它都流到，而流来流去却还是归入大海，就像一个人随意散步一样，散步完了，于是回到家里去。这就是散文和诗与小说在体制上的不同之点，也就足以见出散文之为“散”的特色来了。

然而，这样的说明恐怕还只是些空话，你急于要得到一个确切的回答，我想你对于我这番空话是不会满意的。也许别的什么人（譬如学者或专家）会给你个满意的回答吧，但我却是无话可说了。因为我总觉得文章实在没有什么方法可说，与其先求方法，还不如不问方法而尽力多读人家的好作品，你想学写散文，就先去把那些最好的散文读了再说。

在新文学的各部门中，散文的成绩虽不见得算是顶好，然而却也可以说是仪态万方，无美不备的。此刻我虽然不能逐一地举出那些作家的姓名及其作品，但我觉得这里确已有一个丰富的世界。譬如朱自清先生的《背影》，虽然只是薄薄的一本小书，而且已经出版那么多年了，但它一直也还是一个最好的散文范本，它叫我们感到写散文并不困难，并觉得无论什么事物都可以写成很好的文章，它那么自然，那么醇厚，既没有那些过分的伤感，又没有那些飞扬跋扈的气息，假如说散文之中也有所谓正宗的话，我以为这样的就是。其次是诗人的散文，如何其芳等人的作品。有一个时期，这一类的散文产量甚丰，简直是造成了一时的风气。又如冯至先生，他近年来写了若干散文，实在都是诗的，那么明净，那么含蓄，在平凡事物中见出崇高，在朴素文字中见出华美，实在是散文中的精品。此外如陆蠡的散文委婉而有深致，缪崇群的散文之善于抒写人情，都有很好的成就。我想特别向你提起的，还有小说家的散文，这一种散文，因为是出于小说家之手，由于人们只注意他们的小说，便容易把他们的散文忽略了，其实一个初学写散文的人，读这一类散文也许最有益处，因为作者是小说家，他们偶尔写散文，也就有了小说的长处：比较客观、刻画严整，而不致流于空洞、散漫、肤浅、絮聒等病——而这些却正是散文所最易犯的毛病。例如茅盾、巴金、靳以、芦焚等人，都有过很好的散文作品。尤其是沈从文先生的散文，如《湘行散记》《从文自传》等，对于学写散文的人也许最有帮助。鲁迅先生本来是小说家，写的散文却又各具特色：《野草》是诗的，《朝花夕拾》却是纪实的。《鲁迅全集》二十大本中，杂文占了很大的分量，这一派散文在我国新文学中的影响很大，内容是现实的，多方面的，文字的深刻老练，泼辣有力，别的作家实在不易企及。抗战期间，由于人们对现实的不满，这类杂文的产生与日俱增，且曾有人写了专书如田仲济的《杂文的艺术》等，也可见杂文的势力了。我还记得有一位署名曹白的作家，出了一本散文集，叫作《呼吸》，那种真实与新鲜的作风，也可以算是鲁迅杂文的另一支吧，可惜并未引起人们的注意，而且近来也很少看见这个人的名字了。

我上面所举的这些例子，当然是不完备的，也难免是我的偏见或少见的结果，但于此也可以见出散文的成就以及其作风之多端。你如看了这些人的作品，若想再追问散文的写法，那也许更是无从说起，因为各人只是照着各人的意思写作，实在并没有一定的方法。假如一定要说出这些散文作品的共同点，那我也就只好拿出我那唯一的法宝，就是：散文之所以为散文就在于“散”，就像我所举的那比喻，像河流自然流布一样。不过话得说回来，散文既然是“文”，它也不能散到漫天遍地的样子，就是一条河，它也还有两岸，还有源头与汇归之处，文章当然也是如此。所以，我宁愿告诉你，好的散文，它的本质是散的，但也须具有诗的圆满，完整如珍珠，也具有小说的严密，紧凑如建筑。假如把我上边举出的那些名家散文看过之后，大概也就可以知所会心了。

最后我要告诉你的——这也许是你不喜欢听的——就是：初学写作，从散文入手固然很好，但也并不是没有毛病，因为写散文成了习惯，习惯既久，就容易失之于不能开展，不能壮大，不能表现宽阔的场面，不能处理较繁复的事件，这种短处以受于诗人的散文影响为较多，而小说家的散文则比较可免于这种影响。

“所答非所问”，我的话实在应该打住了，但愿你不至于因看了我这封信而不高兴，更愿意你能告诉我你的意见。

树的比喻

——给青年诗人的一封信

从你来信中所说各种情形，知道你年来在写诗一方面非常努力，而从你所寄来的这几首诗中，也可以看出你年来的努力已获得了相当的进步。比较你从前的作品，大致地说起来，你现在的作品是显得特别洁净了。

“洁净”，是两个极其平常的字，但作品能做到洁净，却也并非多么容易的事，多少年轻作家，甚至有些老作家都不大能够做到这一步。“洁净”的反面是“脏”，是“芜乱”。在一件作品中，往往有多少材料是多余的，有多少字句是不必要的，那些多余的，不必要的东西，把那些少许本来是很重要的东西也给淹没了，这正如一地荒草之埋没了几垄禾苗。你现在的作品是相当洁净了，从芜乱到洁净，这正是一条很好的道路。但你必须知道，这也还只是在道路的中间，从这中间，将来还须向前更进一步，那就是从“洁净”走到“丰实”。我总喜欢以树为喻。芜乱，是一棵小树的肆意生长；洁净，是你把它修剪了一番，收束了一番；但这修剪，这收束，却正是为了它将生长得更像样子，它将有非常丰实的完成。然而这所谓丰实，与前边所说的芜乱是毫无相同之处的。当一个人开始写作时，他大概都是不自意识的，他之所以要写作，往往只是凭了一些刺激的反射，一串感情的泛滥，或是一些幻想的狂奏，这时候，他既少生活经验，对宇宙人生自无深刻的认识，他有见必录，有感必发，这自然就是形成芜乱的原因。这在另一方面说，也许可以说是毋容置疑的事，因为青年人有快乐，更有青年人所特有的而且特别强烈的苦闷，要歌出自己的快乐与苦闷，谁还能说这是不应当的？能够歌得出来就是一种快慰，而在青年的精神上也就是一种发扬。但站在艺术的观点上看，为了使自己成为那最好的艺术家，这种有闻必录、有感必发的做法是不行的。你一定知道，一般人以为文学创作——尤其是写诗——就是自我表现或表现感情，这说法在某一方面是对的，但必须给予一种恰当的界限。没有表现便不成为艺术，不错。但现在许多青年诗人却大都不讲究表现，太不注意那表现的方法，太看轻了技巧，也许根本就不知道技巧。要表现自我吗，好的，我就赤裸裸地表现，几乎一丝不挂，几乎成了“暴露狂”。要表现感情吗，好的，我就尽可能地愈直接愈好地倾泻出来，几乎毫无含蓄,几乎成了感情的“发泄”。在这种情形中,作者太“热衷”了，自然无表现之技巧可言，然而这就不能成为艺术；也许可以成为艺术，然而那是偶然的，像一片浮云偶然变成了一片山水。有人说文学创作的过程就如做梦，也有人就用了自己的梦写成文学作品。然而梦本身实在是一件很糊涂的事情。法国的大诗人梵乐希曾说:“想描写他的梦境的人,他自己就要格外清醒。”要“格外清醒”，是的，“清醒”的反面就是“热衷”。在太热衷的情形中写作，那结果将难免芜乱；在清醒中，也就可以“洁净”了。

青年人都是难免热衷的。由热衷到清醒，这时候他将渐渐感到自己浅薄，这浅薄，在从前是曾经被他误认为深富的；他也将渐渐感到自己浮夸，而在从前，他又曾误认这浮夸是自信。如今他前进了一步，在这过程中，他大概安静了一些，谦逊了一些，无论在感情思想上，无论在文字语言上，他都很吝惜了，很宝贵了，不再浪费了，他正如一个沉默寡言的人，他觉得言语是愈少愈好的，他正像一棵已经在地底扎下了深根的树，风里雨里，它已不大受摇撼，它已不大发出那些萧萧骚骚的杂音。而这样的也大概正是你现在的情形，这当然很好。但你还不能在这里止步，也绝不应当止步。超过这一步，你更多地体验生活，更多地读那些重要的书籍，你将更有意识地去写，更勇敢也更谨慎地去写，你将使感情稍稍后退一些，使智慧更能够放出光辉，你甚至会忘掉你自己，而不是“表现”你自己，到那时候，你将写出更好的作品，也就是超越了“洁净”以上的，丰富而坚实的，有光有色的东西了。你大概会明白我的意思，那就是，你现在的作品在洁净一点上是令人满意的,但它们之尚欠繁复与晶莹,却也是事实,这也就是你应当努力的地方，然而这又是不能心急的事情。

现在一般写诗的人是太不注重形式了。形式固然由内容决定,但并不是不需要作者去用心，去创造。作者如能创造或利用了那最好的形式（应当说是最适切的形式），那内容也将表现得更好。艺术的另一意义就是技巧，它必须有些范围，有些规矩，我们就以乒乓球为喻吧，我知道你是喜欢打乒乓球的。乒乓球的台子就只是那么小，乒乓球只应当在那个小小的范围之中活动。但是你不可不知道，那小小的球台实在是一个广大的战场。善于打球的人绝不让他的球落到台子外面，倘若他的球刚刚接触到台子的边缘而又不为对方所回击，那就最好。你看吧，当他把全身的力量都集中在右手中，当他胳臂一挥像要飞起来的时候，他的精神岂不也是充塞乎天地之间的样子，然而他的力量就只用到那小圆球上，那小圆球又为种种规律所约束，稍稍越轨，他那全副力量便是白费了。善于打球的也是艺术家。他所以显得有力量，显得美好，就正因为他的活动范围有限而又有很多约束，这就是形式可以提高内容的道理，这就是形式对于内容的反作用，在这里，技巧就见出了它的意义，它的重要。你假想那球台子如果有篮球场或是足球场那么宽阔，又假想那打球的两人并不遵守什么规则，那么这种游戏也就毫无意味，用以运动身体是可以的，跑野马式的跑步也可以强健身体，但这不是艺术。至于那乒乓球的台子为什么要那么狭小，那就完全是由于那乒乓球本身的特质所决定的。艺术是如此，诗，更是如此。诗不能不讲求形式，不能不讲求技巧。千万不要以为随手写下来的就是好诗，有时也许会好，但有时连好的散文也不是，那就更不必说是诗了，假如真有诗的内容，写成散文固然也无妨，假如本来就不是诗，写成诗的形式也还不是诗。诗，再加以最好的诗的形式，那才是诗的完成。

对于你的诗的原稿，我一字也未能改动，这不但因为你的字写得那么整齐好看，为免得把它们弄污了，令我不忍下笔，而主要的原因，还在于那些作品都很“洁净”，那字句之间是毫无毛病的。我还是以树为喻吧，假如你的诗里只具备了根干，再添一些枝叶与花实是必要的。一件作品，正如一株生命充沛的树，它须是从根到梢的一个完整。但这些枝叶花实怎样才能添得起来呢？我能给你添吗？那当然不能。那么你自己添吗？也不对。说是“添”就不对，它们不是凭空“添”起来的，而是“生长”起来的，是很自然地生长起来的。至于如何才能自然地生长起来呢？那就不必这么问，你只应问你自己是否真爱生活，真爱人类，你是否真爱智慧，真用全力创作，而尤其要问的，是你的创作欲是不是从生命深处萌发的？再不然你就去问一棵树，你问它如何生长，如何伸枝展叶开花结实，如何蔚为一树嘉荫？你一刻也不要懈怠，但一点也不能急躁。艺术是一桩艰苦的事业。